Éric Chacour

Ce que je sais de toi

alto

Catalogage avant publication de Bibliothèque et Archives nationales du Québec et Bibliothèque et Archives Canada

Titre: Ce que je sais de toi / Éric Chacour.
Noms: Chacour, Éric, 1983- auteur.
Identifiants: Canadiana (livre imprimé) 20220022860 | Canadiana (livre numérique) 20220022879 | ISBN 9782896945924 | ISBN 9782896945948 (EPUB) | ISBN 9782896945955 (PDF)
Classification: LCC PS8605.H32339 C4 2023 | CDD C843/.6—dc23

Les Éditions Alto remercient de leur soutien financier
le Conseil des arts du Canada et la Société de développement
des entreprises culturelles du Québec (SODEC).

Gouvernement du Québec – Programme de crédit d'impôt
pour l'édition de livres – Gestion SODEC

Nous reconnaissons l'appui financier du gouvernement du Canada.

Canada

Couverture : © SMITH

ISBN 978-2-89694-592-4
© Éric Chacour et les Éditions Alto, 2023

*À ceux qui m'ont fait aimer l'Égypte.
À celles.*

TOI

1

Le Caire, 1961

— Quelle voiture voudrais-tu, plus tard ?

Il avait posé cette simple question, mais tu ignorais alors qu'il fallait se méfier des questions simples. Tu avais douze ans, ta sœur dix. Vous vous promeniez avec votre père sur le bord du Nil, dans le quartier résidentiel de Zamalek. Porté par le cortège sonore d'une circulation désordonnée, ton regard s'oubliait sur cette tour en forme de lotus qui venait de surgir de terre. La plus haute d'Afrique, affirmait-on fièrement. Et construite par un melkite !

Ta sœur, Nesrine, n'avait pas attendu que tu répondes pour s'exclamer :

— Celle-ci, *Baba* ! La grosse rouge, là-bas !

— Et toi, Tarek ?

Cette considération ne t'avait jamais effleuré l'esprit.

— Pourquoi pas... un âne ? Tu crus bon de te justifier : c'est moins bruyant.

Ton père força un rire qui signifiait que ta réponse n'était pas recevable. À moins que ce ne soit pour se convaincre que tu blaguais. Nesrine détachait une mèche de ses cheveux noirs pour l'enrouler autour de son index; elle répétait ce geste quand elle cherchait à prendre la parole. Visiblement persuadée qu'un peu d'insistance lui permettrait de terminer l'après-midi au volant de sa décapotable, elle réitéra avec un enthousiasme décuplé :

— Moi, je veux la rouge, *Baba*! Avec le toit qui s'ouvre!

Le regard de ton père te fit comprendre qu'il attendait toujours ta réponse. Pour lui faire plaisir, tu tentas au hasard :

— Je voudrais la voiture noire, là-bas. Celle qui est arrêtée au coin.

Ton père s'éclaircit la voix; il pouvait procéder à sa démonstration :

— Tu as raison, c'est une belle américaine. Une Cadillac. Tu sais qu'elle coûte cher? Il te faudra un bon travail pour pouvoir te l'offrir. Ingénieur ou médecin. Lequel préférerais-tu?

Il s'adressait à toi sans te regarder, l'attention détournée par la pipe qu'il venait de coincer entre ses lèvres. Aspirant à vide dans un léger sifflement, il enclencha un rituel qui t'était à la fois mystérieux et coutumier. Satisfait de l'écoulement de l'air, il sortit de sa poche un sachet de tabac dont tu n'aurais su dire si l'odeur, par trop familière, te plaisait ou non. Il bourra ensuite le foyer, tapant de son majeur droit pour que les feuilles séchées trouvent leur place, puis tassa le tout avec application. Chaque étape de la méticuleuse opération semblait destinée à t'offrir un délai raisonnable de réflexion. Lorsqu'il remit en bouche l'instrument pour vérifier le tirage, tu compris qu'il ne te restait que peu de temps pour répondre. Le claquement du briquet retentit comme une alarme de minuterie. Dans la fumée des premières bouffées, tu hasardas sans conviction :

— Médecin, plutôt...

Il s'immobilisa un instant, comme s'il considérait une offre que tu viendrais de lui faire, puis lâcha sobrement :

— Bien, mon fils, c'est un bon choix.

C'était un choix par défaut : tu ignorais ce en quoi consistait le métier d'ingénieur. Cela n'avait plus d'importance, son fils serait médecin comme lui. Il n'avait plus besoin d'argumenter. Les doigts qui t'apprendraient un jour ton futur métier tassèrent d'un bourre-pipe les premières cendres de votre conversation. Pendant que ton père rallumait d'une flamme sa pipe, tu t'imaginais revêtant sa blouse blanche, celle qu'il portait au rez-de-chaussée de votre villa de Dokki dont il avait fait son cabinet. Tu avais l'âge de n'avoir pour tout projet que ceux que l'on formait pour toi ; n'était-ce réellement qu'une question d'âge ?

Votre marche se poursuivait dans le silence. Chacun semblait absorbé dans ses pensées. Lorsque le tabac fut consumé, ton père consulta sa montre de gousset, celle qui portait à son dos ses initiales. Et incidemment, les tiennes. Il était l'heure de rentrer. Elle affichait systématiquement l'heure de rentrer quand il ne restait plus rien à fumer. Infaillible synchronicité entre pipe et montre de gousset.

Le soir venu, tu annoncerais à ta mère que tu serais un jour docteur. Sans émotion, comme on transmet une information anodine que l'on vient d'obtenir. Elle accueillerait la nouvelle avec autant d'enthousiasme que si tu venais de lui présenter ton diplôme d'État avec mention. Nasser construisait le plus grand pays du monde et ta mère avait décidé que tu en serais le plus prestigieux médecin. Un peu plus tôt, Nesrine t'avait fait promettre de lui acheter une voiture rouge décapotable.

Tu avais douze ans. Tu te méfierais désormais des questions simples.

2

Tu ne savais pas quand commencerait la vie. Petit, tu étais un élève brillant. Tu rapportais de bonnes notes à la maison et l'on te disait que ce serait utile pour plus tard. La vie commencerait donc plus tard. À ce stade, seuls défilaient des instants dont tu ne conserverais pratiquement rien. On ne retient pas le nom de ceux qui se sont usé le dos à vous porter sur leurs épaules, pas plus qu'on ne remarque les heures passées à préparer votre plat préféré. On conserve, en revanche, l'insignifiance : tu avais ri de Nesrine parce qu'elle n'arrivait pas à prononcer correctement *pyramide* en arabe, vous aviez mangé sur une plage des *frescas* et la mélasse avait taché vos maillots, tu dessinais avec ton doigt sur les fenêtres couvertes de buée quand Fatheya, votre domestique, cuisinait...

Tu scrutais les adultes, leur gestuelle, leurs intonations, leur apparence. Il arrivait que l'un d'eux prenne la parole, comme désigné par une autorité naturelle, pour raconter la dernière plaisanterie qu'il avait entendue. Les yeux de l'assistance se rivaient sur lui et cette attention nouvelle le transfigurait. Sa voix se modulait, ses mouvements accompagnaient son récit et tu sentais une tension s'installer dans la pièce. Tu t'émerveillais de l'effet produit sur l'auditoire, une foule soudain réduite à une respiration unique dont le rythme épousait l'intonation de l'orateur. Ce dernier pouvait enfin accélérer le débit de ses mots et dévoiler la chute que chacun attendait. Tous l'accueillaient alors d'un rire sonore et libérateur, un rire non concerté et pourtant parfaitement accordé.

C'étaient les hommes qui riaient. Pourquoi riaient-ils? Tu n'en savais rien. Les indéchiffrables sous-entendus, les évidentes exagérations, les mots qui t'étaient encore inconnus, les œillades complices, les moues réprobatrices des mères qui rappelaient la présence d'enfants, les gestes désinvoltes des hommes qui semblaient leur répondre que, de toute façon, ils ne sont pas en âge de comprendre. De toute façon, tu n'étais pas en âge de comprendre. Ce langage semblait appartenir au monde des adultes, un continent lointain qu'il te restait à découvrir. Tu ignorais si l'on y échouait un jour, sans s'en apercevoir, pour trop avoir laissé l'enfance dériver, ou s'il s'agissait de terres qui se conquièrent dans la souffrance. Se pouvait-il qu'elles te restent à jamais étrangères? Rirais-tu un jour comme eux?

Leur présence électrisait Nesrine. Elle interrompait leurs discussions pour demander la signification d'un mot ou répondre à la plus rhétorique de leurs questions. Elle ne saisissait pas plus que toi le sens de leurs blagues, mais joignait son rire d'enfant à ceux de l'assemblée. Elle riait à la seule idée de rire avec les autres. Cela lui suffisait. Ne la trouvait-on pas adorable?

La vie commencerait plus tard. Pour l'heure, ce n'était pas la vie. C'était une attente, un répit peut-être, l'enfance, une lente préparation. À quoi te préparais-tu? ou, plus précisément, à quoi te préparait-on? Tu appréciais davantage la compagnie des adultes que celle des enfants de ton âge. Tu étais ébloui par ceux qui n'hésitent jamais. Ceux qui, avec le même aplomb, peuvent critiquer un Président, une loi ou une équipe de football. Ceux dont chaque geste semble affirmer qu'ils détiennent la vérité pleine et entière. Ceux qui régleraient en un claquement de doigts les questions de la Palestine, des Frères musulmans, du barrage d'Assouan ou des nationalisations. Tu finissais par croire que c'était cela, l'âge adulte : la disparition de toute forme de doute.

Un jour, il t'apparaîtrait pourtant avec évidence qu'il n'existe que très peu d'adultes véritables. Que nul ne se départ tout à fait de ses peurs originelles, de ses complexes adolescents, du besoin inassouvi de venger ses premières humiliations. On s'étonne encore de déceler une réaction puérile chez un de nos semblables, mais c'est une grossière erreur : il n'y a pas d'adultes au comportement d'enfant, il n'y a que des enfants qui ont atteint l'âge où le doute est honteux. Des enfants qui finissent par se conformer à ce que l'on attend d'eux : qui renoncent à la moindre remise en question, affirment sans plus trembler, méprisent la différence. Des enfants aux voix rauques, aux cheveux blancs, à l'alcool facile. Bien des années plus tard, tu finiras par comprendre qu'il faut les fuir quoi qu'il en coûte. Mais en ce temps-là, ils te fascinaient.

3

Le Caire, 1974

    Les pères sont faits pour disparaître ; le tien était mort dans la nuit. Dans son lit, comme Nasser, au moment où chacun se faisait à l'idée qu'il était immortel. Ta mère ne s'en était rendu compte qu'au matin. Il était inhabituel qu'elle se réveille avant lui. Le croyant endormi à ses côtés, elle n'osa pas le déranger. Il offrait à la mort la même inflexible absence d'expression qu'il avait opposée à la vie et rien ne laissait à penser qu'il venait d'abandonner la seconde pour la première. Elle lança un regard machinal à sa montre. Il était six heures passées. Elle s'étonnait qu'il ne se soit pas levé à cinq heures vingt comme à son habitude. Dans un premier temps, elle craignit qu'il ne la blâme de le réveiller. Peut-être avait-il simplement besoin d'un peu plus de sommeil. Qui était-elle, après tout, pour savoir mieux qu'un médecin ce qui est bon pour lui ? Elle attendit. Ne le voyant toujours pas se lever, elle s'inquiéta qu'il ne l'accuse, à l'inverse, de l'avoir trop laissé dormir. Elle commença par faire quelques bruits discrets qui demeurèrent sans effet. Désormais assurée qu'il lui serait reproché quelque chose quoi qu'elle fasse, elle se décida à le secouer. Contre toute attente, il ne lui reprocha rien.

La nouvelle ne te parvint pas tout de suite. Tu venais de prendre la route en direction du Moqattam. Un dispensaire se bâtissait à ton initiative sur cette colline située en bordure orientale du Caire et tu avais pris congé pour en superviser l'avancée des travaux. À peine descendais-tu de ta voiture qu'un gamin courut en ta direction.

— Docteur Tarek ! Docteur Tarek ! Docteur Thomas votre père vient de mourir, il faut rentrer chez vous tout de suite !

Tu aurais cru à une mauvaise plaisanterie s'il n'avait prononcé ton nom et celui de ton père. Tu essayas de le questionner, mais il te fit comprendre d'un haussement d'épaules qu'il n'en savait pas plus que le message qu'on lui faisait transmettre. Tu sortis de ta poche quelques piastres pour le remercier avant de te remettre en route. Le large sourire qui se dessina sur ses lèvres à la vue des pièces eut raison de la gravité qu'il s'était efforcé d'afficher en te portant la nouvelle. Tu repris la route, plus choqué que triste, sans avoir tout à fait conscience de l'annonce qui venait de t'être faite. Tu étais pressé de retrouver les tiens.

Tu entras par la clinique où ton père n'officierait plus, sans chercher à comprendre les implications de cette nouvelle réalité, et gravis quatre à quatre les escaliers pour rejoindre ta mère. Tu la trouvas assise dans le salon avec ta tante Lola. L'une semblait s'exercer à son nouveau rôle de veuve devant l'autre, visiblement exaltée à l'idée d'assister à cette intronisation depuis les premières loges et ne manquant pas d'exprimer sa reconnaissance par quelques sanglots démonstratifs. Tu eus presque le sentiment de les déranger. Percevant ton trouble sur le pas de la porte, ta mère t'invita à entrer d'un geste de la main. Ses bracelets s'entrechoquèrent dans un cliquetis impatient. Lorsque tu fus à sa hauteur, elle se leva, te prit dans ses bras et répondit par un convenu «il n'a pas souffert» à la question que tu ne lui avais pas posée. Elle avait les traits et les cheveux respectablement tirés. Comme elle était plus petite que toi d'une bonne tête, tu voûtais tes épaules pour l'enserrer dans un mouvement qui t'était inconfortable. Tu restas quelques secondes immobile, sans trop savoir lequel de vous deux consolait l'autre, puis elle se libéra de ton étreinte et t'enjoignit d'aller retrouver ta sœur.

Te voyant entrer dans la cuisine, Nesrine se mit à pleurer sans retenue, au grand dam de la bonne. Cela faisait plusieurs heures que Fatheya improvisait boissons chaudes, caresses énergiques et implorations divines pour l'empêcher de s'effondrer; ton arrivée fut un courant d'air sur son château de cartes laborieusement érigé. Elle te lança un regard noir mais se radoucit aussitôt, comme s'il lui avait fallu quelques secondes pour comprendre que ce deuil était aussi le tien. Elle s'approcha de toi, murmura «mon cœur» en te regardant. Elle qui avait mille manières de t'appeler «mon cœur» avait choisi celle qui signifiait «sois fort». Elle t'indiqua d'un geste de la tête qu'elle avait beaucoup à faire et vous laissa seuls.

La mine défaite par le chagrin, ta sœur te paraissait plus jeune que ses vingt-trois ans. Elle te rappelait l'adolescente que tu emmenais manger du *fetir* sucré à Zamalek quand elle te confiait ses malheurs. Tu ne lui en connaissais aucun qui ne se dissolve dans le miel. Peut-être était-ce cela qui lui procurerait le plus grand réconfort à cet instant précis. Tu ne lui dirais pas où tu la conduisais, elle ne chercherait pas à le deviner, l'important étant simplement de vous éloigner de ces murs qui transpiraient la tristesse. Elle esquisserait un sourire au moment de reconnaître la devanture du café et vos pensées se rejoindraient. Aucun mot ne serait nécessaire ; elle se contenterait de regarder le cuisinier étirer sa pâte en la faisant virevolter au-dessus de son comptoir en marbre, son tour de main expert amplifié par les miroirs derrière lui. Ce ne serait qu'une incartade au milieu de votre deuil.

Tu chassas rapidement cette idée de tes pensées. Tu ne te voyais pas annoncer à ta mère que vous partiez vous promener en ville en pareilles circonstances. On n'est jamais que ce que la société attend de soi ; à cet instant précis, la société attendait de vous des visages qui inspiraient l'estime et la compassion. Certainement pas des miettes de pâtisseries que l'on essuie au coin des lèvres avec l'empressement d'un enfant gourmand.

Lesté du poids de tes vingt-cinq ans, tu t'assis près de ta sœur. La chaise avait gardé la chaleur de Fatheya.

— Ça va ?

Elle répondit en te montrant les coulures de khôl sur ses joues. Comment cela pouvait-il aller ? Elle sourit. C'était tout ce qui comptait.

Tu profitas de ce calme avant la tempête annoncée. La nouvelle du décès ne tarderait pas à lever les foules comme le *khamsin* emporte le sable au printemps. Tu n'avais pas connu la communauté levantine du Caire à son apogée, mais elle demeurait une ville dans la ville. La sachant soudée dans les moments de joie comme dans les drames, tu te doutais que le départ de l'un de ses éminents médecins provoquerait une certaine émotion. Ces *Chawams* composaient de fait l'essentiel de la pratique de ton père et de votre vie sociale. Chrétiens issus de divers rites orientaux, ils étaient originaires du Liban, de Syrie, de Jordanie ou de Palestine. Ils avaient beau être établis sur les rives du Nil depuis plusieurs générations, nombre d'entre eux maniaient mieux le français que l'arabe, ne parlant ce dernier que par nécessité. On les considérait d'ailleurs comme des étrangers, au mieux des «égyptianisés», sans qu'ils cherchent vraiment à s'en défendre.

Tu évoluais dans ce monde bourgeois et occidentalisé, sorte de bulle allogène de plus en plus anachronique. Elle était l'héritage d'une Égypte cosmopolite et tournée vers l'avenir où les différentes populations d'ascendances lointaines se fréquentaient. Les Levantins se reconnaissaient dans l'éducation européenne des Grecs, des Italiens ou des Français. Ils savaient, comme les Arméniens, le goût ferreux du sang qui précède un exil. Ces choses-là rapprochent. La famille de ton père était de celles qui avaient fui les massacres de Damas, en 1860. Il n'en conservait que son prénom, hommage au quartier chrétien de la porte Saint-Thomas où ses ancêtres avaient vécu, et quelques bijoux, rescapés de la joaillerie qu'ils y tenaient, dont cette montre de gousset qui ne le quittait jamais. Dans l'espoir, sans doute, que vous les transmettiez un jour à vos enfants, il vous racontait, à ta sœur et toi, des histoires d'un autre temps. Elles parlaient de ceux qui vous avaient précédés, arrivés par vagues successives et contribuant à la renaissance intellectuelle du pays qui les accueillait, mais aussi de la domination britannique dont ils s'accommodaient bien et des fonctions prestigieuses qu'ils occupaient dans l'administration, le commerce, l'industrie ou la culture. De ses mots transparaissait une fierté mêlée de reconnaissance envers ce peuple qui leur avait ouvert les bras. Mais ses intonations avaient de plus en plus de peine à contenir leurs notes mélancoliques. Il savait bien que l'eau avait coulé sous le pont de Qasr al-Nil et qu'une autre Égypte s'était éveillée. Une Égypte à la reconquête de son identité arabe et musulmane, galvanisée par le patriotisme nassérien et ses rêves de grandeur retrouvée. Une Égypte résolue à ne pas se faire déposséder de son élite. Suez, les nationalisations, les confiscations et les départs avaient provoqué un réveil brutal pour ces *Chawams* qui s'étaient rêvés en trait d'union entre Orient et Occident. Tu te souvenais de cette époque où pas un jour ne passait sans qu'un ami vous annonce son départ pour la France, le Liban, les États-Unis, l'Australie ou le Canada. Sans autre violence que celle d'un déchirement intérieur, ils se résignaient à quitter la terre qu'ils avaient éperdument aimée et où ils pensaient être un jour enterrés. Vous apparteniez à ces quelques milliers qui étaient restés, refusant d'abandonner un pays qui leur tournait le dos. Ceux-là qui tâchaient de perpétuer l'illusion d'une vie de douceur dans le décor familier de leurs maisons, leurs églises, des écoles françaises où ils inscrivaient leurs enfants et de ce cimetière grec-catholique du Vieux-Caire où ton père, bientôt, reposerait.

Ils furent nombreux à se bousculer le lendemain, à votre domicile de Dokki. Une cousine de Fatheya était venue prêter main-forte à l'organisation de ce défilé condoléant que ta mère accueillait avec sa dignité de rigueur. Elle recevait les visites minutées de ceux que l'alliance improbable des règles de bienséance et d'un instinct voyeuriste conduisait à votre palier. Ils venaient avec leurs formules convenues et quelques souvenirs de ton père soigneusement dépoussiérés pour l'occasion, jugeaient intérieurement de votre état d'accablement. Ils scrutaient le sillon obscur creusé sous vos yeux par la fatigue, le frémissement s'emparant de vous au moment où ils prononçaient le nom du défunt, puis repartaient avec le goût mêlé des pâtisseries à la pistache et du devoir accompli. Pour certains, la mort est résolument ce que la vie peut offrir de plus divertissant.

Il s'agissait du premier deuil auquel tu étais si directement exposé. Tu découvrais ce sentiment diffus d'être extérieur à toi-même, presque dissocié de ta propre enveloppe, comme si l'esprit se refusait à infliger au corps une douleur qu'il ne supporterait pas. Tu te voyais apprendre la disparition de ton père, recevoir les invités, tâcher de soulager ta mère. Tu entendais chacun des mots que tu disais comme s'il était prononcé par un tiers. Tu t'observais en compagnie de Nesrine, elle pleurant autant que tu ne pleurais pas.

Il fallut près d'une semaine pour qu'une nuit, dans la solitude de ta chambre, montent tes premières larmes. Tout ce qui concernait ton père relèverait désormais du souvenir, mais ce n'est pas ce vertige-là qui s'emparait de toi. Non, c'est une autre détresse qui t'envahissait. Tu ressentais soudain l'étau des responsabilités qui enserrait ta poitrine. Les obligations sociales auxquelles tu t'étais plié durant les derniers jours t'avaient conduit à jauger la place qu'occupait ton père dans votre communauté et, par translation, celle qu'il te faudrait désormais investir. En fait, à cet instant précis, tu pleurais surtout sur ton sort. Tu étais cet imposteur qui dépossédait son père jusque des larmes qui lui revenaient.

Dans un mélange de superstition et de fatigue, tu imaginas qu'il pouvait être là, présence invisible, omnisciente, observant tes gestes et déchiffrant tes pensées. À mesure que tu le sentais proche te revenaient le ton de sa parole rare et l'éloquence de son sourcil. L'odeur du tabac bourrant sa pipe, les éclats de voix que seules pouvaient provoquer ses parties de bridge, sa capacité à mémoriser chaque carte qui avait été jouée lors d'une levée. La main sûre qui t'avait appris à palper les corps, à traquer les signes naissants de la maladie, à anticiper les questions cliniques qui ne feraient bien souvent que confirmer l'intuition d'une première auscultation. Le regard ferme dont l'autorité suffisait à interrompre les scènes de colère auxquelles pouvait se livrer ta mère. Tu te demandas brièvement si, de tous, ce n'était pas ce dernier élément qui te manquerait le plus.

Revoir ton père à travers ces détails anodins t'apaisa. C'est comme s'il redevenait le centre légitime de ta détresse, étouffant par là même le feu d'une culpabilité qui menaçait de te consumer. Ton cœur reprit un rythme normal. Tu avais pensé à lui et tu avais pleuré. Qu'importe l'ordre dans lequel cela s'était produit, tu avais fait ce qu'un fils en deuil se doit de faire. Ton corps était fatigué d'un effort difficilement identifiable. Tu te demandas le temps qu'il faudrait à ton esprit pour lui soustraire chacun de ces souvenirs. Tu t'endormis avant d'avoir trouvé une réponse convaincante.

∼

Les semaines suivantes furent inondées de considérations diverses. Ta mère se plongeait avec une dévotion minutieuse dans sa nouvelle réalité. Elle tolérait les signes de fatigue (quoi de plus légitime?), mais prenait garde à ce qu'ils ne soient pas perçus comme des indices de relâchement. Un peu d'éplorement pouvait s'entendre, mais en aucun cas l'abattement! Elle traçait entre l'un et l'autre une frontière subtile dont elle parvenait toujours à se trouver du bon côté. Derrière sa force de caractère que tous admiraient, on faisait peu de cas de la contribution de Fatheya qui s'attachait avec une discrète abnégation à répondre aux injonctions de son employeuse. Il me faut d'ailleurs rétablir ici une vérité : Fatheya ne s'appelait pas *vraiment* Fatheya. Ses parents l'avaient nommée Nesrine à la naissance, mais il apparut très tôt à ta mère qu'avoir deux Nesrine à la maison ne pouvait être que source de confusion (sans compter qu'il n'était pas décemment envisageable que sa progéniture partage ne serait-ce qu'un prénom avec la bonne). Mais voilà, il se trouvait que Fatheya travaillait bien, apprenait vite et ne semblait nourrir aucune concupiscence suspecte pour les couverts en argent, comme en attestaient les recomptes méticuleux qui suivaient ses fins de services. Ta mère décida donc de ne pas tenir rigueur à Nesrine-Fatheya de l'usurpation rétrospective du prénom de sa fille. D'autorité, elle en choisit un autre à sa bonne, relevant que cette dernière n'avait pas été davantage consultée pour le précédent et qu'il n'y avait donc pas lieu de s'en plaindre. Cette rédemption onomastique inespérée encouragea Fatheya à redoubler d'inventivité pour satisfaire sa patronne. À ce moment précis, cela consistait essentiellement à convertir son entrée dans le veuvage en une éclatante séquence sociale.

Tu ne pouvais pas lui en vouloir, tu savais bien que ce n'était pas une situation enviable. Même un demi-siècle après que Hoda Charawi eut fait voler son voile au large d'Alexandrie, la gestion autonome de sa propre existence administrative demeurait un horizon lointain pour une femme seule. Avoir un fils se révélait alors un atout précieux. Tu pris assez naturellement en charge les diverses procédures bureaucratiques occasionnées par le décès de ton père et qui s'ajoutaient au travail que tu poursuivais dans son cabinet. Ses patients te conservèrent d'ailleurs, dans une large majorité, leur fidélité malgré l'écart important en expérience et en réputation qui te séparait de lui.

Tu reproduisais les gestes qui t'avaient été froidement enseignés dans la prestigieuse faculté de médecine de Kasr el Aini et auxquels ton père avait su donner sens et matière. Il t'avait appris la technique et, pour autant que cela puisse se transmettre, l'intuition. La manière d'aborder une maladie et celui qui la porte. Celle d'écouter les pulsations d'un cœur autant que ce pour quoi il bat. Il n'avait pas le compliment facile, mais tu savais reconnaître les marques d'approbation, parfois même de fierté, qu'il exprimait parfois de manière détournée. De simple assistant, il avait su progressivement t'amener à prendre une part grandissante dans les consultations qu'il offrait. Il lui arrivait même de demander ostensiblement ton opinion devant certains patients ou de souligner la valeur de ton avis dans un diagnostic rendu. Cela te gênait au début, mais tu compris vite que c'était une manière pour lui de te positionner en légataire de son savoir. À présent qu'il avait disparu, il te restait à poursuivre la construction de cette légitimité dont il avait bâti les fondations.

Le cabinet n'avait fermé que deux jours. Tu avais tenu à ce que l'activité reprenne aussi rapidement que possible. Tu t'étais obligé à honorer les rendez-vous qui avaient été fixés avant son décès et prenais soin de déchiffrer systématiquement les notes inscrites par ton père dans le dossier médical de chaque patient avant que celui-ci ne se présente devant toi.

Nesrine te rejoignait le soir, au rez-de-chaussée où se trouvait le cabinet. Elle savait qu'elle t'y trouverait jusque tard. Tu aimais ces rendez-vous. Ils égayaient les dernières heures d'une journée remplie de travail. Elle disait venir t'aider, mais ses bonnes intentions ne survivaient jamais longtemps aux activités que tu lui trouvais. Elle finissait par se lever pour vous préparer un «café blanc», de l'eau chaude dans laquelle elle ajoutait quelques gouttes d'eau de fleur d'oranger et ce qu'il fallait de sucre. La nuit s'installait dans la tendresse. Vous parliez de souvenirs d'enfance, de vos parents. Parfois de l'avenir, souvent du passé. Elle disait que la fleur d'oranger était bonne pour la mémoire. Tu n'osais pas lui faire remarquer qu'elle n'avait accompli aucune des tâches pour lesquelles elle était officiellement venue t'aider, mais c'était finalement sans grande importance. Sa présence t'était douce.

Un jour, tu eus une idée de génie : lui offrir un chaton. Elle le prénomma Tarbouche. Les chats errants ne manquaient pas dans les rues du Caire ; celui-ci n'était pas encore sevré et semblait abandonné. Sachant que ta mère ne verrait pas d'un bon œil l'extraction modeste de ce nouveau membre de la famille, tu t'accordas avec ta sœur pour lui servir une origine plus acceptable. Il serait officiellement issu d'une portée dont l'un de tes amis aurait voulu se défaire. Nesrine joua à merveille les mères de substitution, confisquant de ton matériel quelques pipettes pour le nourrir et lui prodiguant plus de caresses qu'aucun félin cairote n'avait connu avant lui. De cette manière, elle continuait à venir au cabinet, mais son attention était désormais portée sur le dorloté Tarbouche. Tu pouvais te consacrer à tes dossiers tout en profitant de sa présence. Et de vos cafés blancs.

4

Le Caire, 1981

Un patriarche copte de l'époque fatimide. Tu le visualisais presque, avec son aube sombre, sa chape, son amict et sa barbe fournie. Même un millénaire plus tôt, les patriarches coptes arboraient forcément des barbes fournies, convins-tu. On poursuivit. Il avait été mis au défi par le calife de prouver le bien-fondé de sa religion. C'était pourtant simple : un verset des Évangiles n'affirme-t-il pas qu'une foi comparable à un grain de moutarde suffit à déplacer une montagne ? Eh bien, qu'il déplace celle du Moqattam ! En cas d'échec, le peuple copte serait entièrement exterminé. L'histoire avait beau se dérouler dix siècles plus tôt, la tension dans la voix de ton interlocuteur n'était pas feinte. Tu adorais écouter les gens du Moqattam te raconter ces légendes dont ils tiraient une grande fierté. Des histoires au décor familier qui t'étaient pourtant inconnues.

Désemparé, le vieux religieux entama trois jours de jeûne et de prière à l'issue desquels la Vierge Marie lui apparut. Elle l'invita à se rendre sur la place du marché où lui viendrait en aide un savetier prénommé

Simon à qui il ne restait que l'œil gauche. «Un seul œil?» En bon médecin, tu t'enquis de l'origine de ce handicap. On te répondit qu'une pensée impure s'était jadis emparée du fabricant de chaussures à la vue du pied d'une cliente et qu'il avait décidé de s'éborgner en guise de pénitence. Tout en mesurant l'étendue de sa piété, tu ne pouvais t'empêcher d'imaginer la scène de cette femme ne pouvant passer commande chez son cordonnier parce qu'il se livre à une séance mystique d'automutilation. Mais l'essentiel était ailleurs: le prude artisan savait aussi accomplir des miracles, ce qui, en l'espèce, s'avérait fort utile. En quelques incantations, le Moqattam se souleva sous les yeux incrédules du calife, condamnant ce dernier à reconnaître la véracité des Écritures chrétiennes.

Il y eut un silence; on guettait ta réaction. Tu affichas un air impressionné par ce dénouement. Tu savais le peuple copte d'Égypte particulièrement attaché à ce miracle. Estimant lui devoir sa survie, il était encore très présent, un millénaire plus tard, sur ces lieux qui prenaient désormais des allures de décharge à ciel ouvert. Car tout avait bien changé depuis: quelques années plus tôt, le gouverneur du Caire avait rendu un décret visant à rassembler à cet endroit les ordures de la capitale. Des camionnettes, dont la hauteur pouvait tripler par le seul volume des déchets qu'elles transportaient, venaient les y déverser au gré de leurs collectes. Une économie entière s'était créée autour de l'activité de ces *zabbalines,* une «communauté des poubelles» vivant de tri, de revente et de recyclage. Capables de tout créer à partir de rien, ils transformaient avec une ingéniosité égale les canettes de soda en sacs à main tout comme les parois hostiles de leur montagne en lieu de prière. Depuis quelque temps naissait en effet de la roche une église rupestre en l'honneur de leur désormais saint, Simon le Cordonnier.

Ceux qui ne savent pas déplacer de montagnes peuvent au moins construire un dispensaire, te disais-tu. Tu gardais pour toi la conviction qu'il était toujours plus utile qu'une église aux habitants déshérités de ces hauteurs. Il avait bien changé depuis sept ans, avec son toit posé sur les quatre murs nus qui composaient le bâtiment initial. Eau courante à peu près potable et électricité alimentaient également ce qui n'était à l'origine qu'une infirmerie de fortune. Pendant des années, tes patients les plus faibles avaient pour habitude de s'asseoir, le long du mur extérieur, sur des chaises pliantes que tu sortais en début de permanence. Tu faisais construire à leur intention une salle d'attente qui jouxterait la pièce où tu réalisais tes consultations. Les travaux avaient débuté le mois dernier et tu t'enthousiasmais à chaque avancée visible de la construction. Il pouvait même t'arriver d'y prendre part, sous l'œil amusé des habitants qui n'avaient jamais vu un médecin porter des briques de ses propres mains. D'ailleurs, était-ce vraiment le rôle d'un médecin? Quel praticien digne de ce nom aurait du temps à consacrer à de telles tâches? Fort heureusement, ta réputation dépassait maintenant la rive ouest du Nil et ne donnait pas prise aux mauvaises langues. Ta réputation et, avant tout, celle de ton père à qui tu savais tout devoir en la matière. Pour le reste, ce projet d'offrir tes soins aux habitants du Moqattam était le tien. Tu avais d'ailleurs mis plusieurs mois à lui en parler, à l'époque, par crainte de sa réaction. Contre toute attente, elle avait été plutôt positive. Satisfait de voir la médecine occuper également ton temps libre, il avait simplement tenu à s'assurer que cette nouvelle activité n'empiéterait pas sur ton travail dans son cabinet. Ta mère, qui avait d'abord réagi violemment devant ce qui s'apparentait pour elle à une perte de temps, s'était rangée comme souvent à la position de son mari. Il n'était pas plus mal que tu te fasses la main sur des petites gens, là où une éventuelle erreur médicale lui semblait de faible enjeu.

Une queue bruyante et approximative précédait chacune de tes venues. Elle était composée d'infirmes, de vieillards édentés, de jeunes enfants malingres et de quelques femmes qui revenaient, semaine après semaine, te demander ton avis sur à peu près tous les sujets. Tu faisais mine de ne pas remarquer leur toilette apprêtée et l'absence manifeste de maux qui auraient justifié une consultation médicale. Elles faisaient porter à leurs enfants des habits propres qui contrastaient avec les haillons râpés qu'ils remettaient chaque jour pour se disputer un ballon fait de chaussettes enfoncées successivement les unes dans les autres, au milieu du tas de canettes et des chutes de tissus qui leur tenaient lieu de terrain de jeu. Tu les recevais entre les quatre murs où jouait en fond sonore une cassette sur laquelle tu avais compilé tes musiques préférées venues d'Europe et cette chanson en arabe de Dalida sortie quelques mois plus tôt et que tes patients te réclamaient. Tu ne refusais personne, tâchant d'offrir à chacun les soins et l'écoute qu'il était venu chercher. Tout au plus te permettais-tu de faire passer en priorité ceux dont l'état te semblait le plus critique. Le vieux Moufid commençait chaque consultation en te montrant ses doigts noueux que les articulations ne permettaient plus de plier, Noura te parlait de son asthme qu'elle attribuait à un sort lancé par sa perfide belle-sœur et Amira feignait un mal de tête qui avait pour unique et récurrente origine l'absence de prétendant pour sa fille. Peut-être comptait-elle sur ton dévouement sans limite pour soigner le mal à la racine.

De même que les *zabbalines* du Moqattam dédiaient leur existence à redonner vie aux objets qui finissaient entre leurs mains, tu t'appliquais à soigner ces corps malmenés, ces membres disloqués, ces plaies purulentes dont personne ne distinguait plus l'odeur tant ce bidonville concentrait à lui seul les exhalaisons les plus fétides. Si elles t'avaient pris à la gorge lors de tes premières permanences, tu n'en étais désormais plus incommodé. Elles étaient le versant olfactif de ce lieu auquel tu t'étais attaché. Tu avais cessé le compte des côtes cassées, des infections non traitées et des souffles courts. Tu découvrais les limites de ton métier lorsque ces femmes au visage contusionné te racontaient avoir trébuché en descendant les marches de leur maison. Tu tâchais d'écouter chez chacune, les paroles qu'elle prononçait autant que celles qu'elle taisait. Tu la raccompagnais ensuite, impuissant, vers le seuil de ton cabinet où son mari l'attendait. Un mari dont tu reverrais, à l'heure de t'endormir, les mains aux allures d'escalier.

Il t'arrivait de ressentir un inconfort à la vue du sang. Tu en conservais depuis l'enfance une répulsion instinctive que tu cherchais encore à dompter. Tu devais avoir quatorze ans le jour où Nesrine, rentrant d'une balade à vélo avec la jambe écorchée après une mauvaise chute dans un figuier de Barbarie, était venue solliciter tes talents de future éminence médicale. Il était déjà acquis que tu suivrais les pas de ton père, et ta mère se faisait un point d'honneur à le rappeler dès que se présentait une occasion. Peut-être était-ce une manière de s'assurer que tu ne changerais pas d'avis. Nesrine apparut la mine fière et le mollet éraflé, planté çà et là d'épines qu'elle avait pris soin de ne pas enlever pour ne rien altérer du cas clinique qu'elle t'offrait. Elle avait aussi dans l'idée que tu pourrais lui éviter la «lotion-qui-pique» de ton père et, surtout, la réprimande qui l'accompagnerait. En découvrant sa plaie, tu sentis un malaise monter en toi et c'est elle qui dut te soutenir au moment où tu t'évanouissais. À partir de ce jour, il fut décidé que ton père garderait la primeur de ses maux jusqu'à ce que tu obtiennes ton diplôme, ce qui te laissait plus d'une décennie de répit.

Bien après, ton esprit lutterait encore pour dissocier une personne de son corps lors d'opérations complexes où ta main ne devait rien céder à l'émotion. Malgré un conditionnement de longue date, tu continuais à ressentir un haut-le-cœur lorsque Tarbouche se présentait avec, dans la gueule, la dépouille du dernier pigeon qui avait croisé sa route, et le même air bravache que Nesrine, enfant, sortie de son figuier de Barbarie.

À la faculté, tu t'étais découvert une passion pour le fonctionnement du système nerveux. Tu aurais volontiers consacré ta vie à son étude, mais ton père avait à cœur que tes connaissances trouvent une application manuelle. Tu optas pour la neurochirurgie que tu finirais par pratiquer à l'hôpital américain du Caire, en parallèle de ton travail dans sa clinique. Le savoir découplé de la pratique lui avait toujours semblé au mieux vain, sinon suspect. Au-delà du domaine médical, ton père nourrissait une distance prudente avec toute forme d'intellectualisme. S'il lui avait été donné de vivre jusque-là, les derniers mois de la présidence de Sadate, où nombre de tes professeurs d'université et de ses patients les plus engagés se faisaient emprisonner, lui auraient incontestablement donné raison. Il s'était toujours gardé d'émettre le moindre jugement moral ou politique, affirmant se limiter à sa fonction dans la société : soigner les corps. Tu n'avais jamais su s'il s'agissait là d'une manière d'éviter les sujets polémiques dans une Égypte où une opinion pouvait coûter la vie ou, tout simplement, d'un manque d'intérêt sincère de sa part.

5

— C'est un homme ?

— Non.

— Une femme ?

— Forcément…

— Ça aurait pu être Tarbouche ! pouffa-t-elle. Alors, une femme… Elle est connue ?

— Non.

— De la famille ?

— Oui.

— Tante Lola ?

— Tu dois poser des questions !

Elle cessait d'avoir trente ans lorsque vous vous adonniez à ce jeu qui vous divertissait depuis l'enfance et dont elle faisait mine de découvrir les règles. Elle reprit sur un ton faussement formaliste :

— La personne que nous recherchons s'appelle-t-elle tante Lola ?

— Nesrine…

— Mais quoi, c'est une question !

— Normalement, si tu fais une mauvaise proposition, tu perds.

— Je n'ai jamais aimé cette règle...

— Non, elle a plus de dents que tante Lola.

— Nonna Rose?

— Moins d'alcool que Nonna Rose.

— Tu parles d'un indice, ça peut être à peu près n'importe qui! Célibataire?

— Veuve.

— Tante Simone!

— Oui, bravo.

— On en fait une autre!

Tu t'apprêtais à lui dire qu'il était temps de rentrer quand le serveur vous interrompit. Nesrine reprit un thé à la menthe, tu n'avais plus soif. Elle avait déjà découvert ta mère, Oum Kalsoum, Ronald Reagan et la cousine de Fatheya. Leurs noms s'ajoutaient au panthéon des personnalités trouvées par ta sœur en deux décennies de devinettes résolues.

— Une dernière alors, mais je te préviens, tu ne l'auras pas.

Son visage s'illumina.

— C'est un homme?

— Non.

— Vivante?

— Oui.

— Connue?

— Non.

— De la famille?

— Non.
— Belle?
— On peut dire.
— Tu n'as pas le droit! Tu dois répondre par oui ou par non!
— Je n'ai jamais aimé cette règle...
— Alors, belle?
— Oui...
— Ah!

Elle énuméra à peu près toutes ses amies, glissa le nom de quelques connaissances de ta mère, le plus souvent par ironie, une ou deux patientes de ton cabinet avec lesquelles elle t'aurait bien vu sortir, puis arriva à bout d'inspiration. Son cerveau tournait à vide comme le ventilateur du plafond.

— Je t'avais dit que tu ne trouverais pas, glissas-tu dans un sourire triomphant. Allez, il est temps d'y aller. Une dernière proposition?

Elle prit un air résigné.

— Non, vas-y, dis. C'est qui?
— Mira.
— Mira Nakelian?
— Elle-même.
— Mais ça fait dix ans qu'on ne l'a pas vue! protesta-t-elle.
— Quatorze, même. Ce n'est pas un critère d'exclusion, que je sache.
— Et pourquoi tu me ressors Mira Nakelian maintenant? bougonna Nesrine qui n'aimait pas perdre.

— Parce que je savais que tu ne la trouverais pas. Et parce que je l'ai recroisée l'autre jour.

C'était une après-midi à n'avoir pour seule ambition que d'épouser l'ombre de sycomores. Une après-midi de douceur accidentelle. De toutes les questions dont elle t'assaillait depuis que vous aviez quitté le café, il n'y en avait qu'une qui comptait réellement :

— Je suppose qu'elle est mariée, pas vrai ?

— Eh bien, tu supposes mal.

Le visage de Nesrine s'éclaira. Mira était la première fille dont tu lui avais parlé ; ta sœur n'avait jamais retrouvé pareil élan chez toi lorsque tu évoquerais les suivantes. Le muezzin tentait de faire entendre un appel à la prière que le rire des enfants et le bruit des motos éclaboussaient. Vous longiez les immeubles couleur sable auxquels vous ne prêtiez plus attention. Une après-midi d'adolescence retrouvée.

— Et toi, il n'y a pas un garçon dans ta vie ?

— Tarek, enfin ! Même pour rire, ne dis pas des choses pareilles…

Ses joues s'empourprèrent ; on aurait dit la chair des premières pastèques du printemps. Sa réaction te surprit. Sans doute était-il indélicat de sous-entendre qu'une fille de trente ans puisse ne pas être encore mariée et fréquenter des hommes. Cela te renvoya à l'inégalité de vos situations ; cette pensée s'évapora aussi furtivement qu'elle était venue.

— Il faudrait que je te la présente à l'occasion.

6

Le Caire, 1967

Adolescent, tu te rendais régulièrement au Gezira Sporting Club. On y croisait les bonnes familles de la capitale, celles du moins dont l'entreprise n'était pas passée sous contrôle de l'État. La crainte qu'elles viennent y comploter contre le pouvoir en place avait eu raison de leur carte de membre. Nombre de vos semblables issus de la bourgeoisie syro-libanaise du Caire en avaient fait l'expérience. Dans cette Égypte en ébullition, le métier de ton père offrait une tranquillité d'autant plus précieuse au regard de vos origines étrangères.

Bien qu'issue d'un milieu plus modeste que la plupart de ses habitués, Mira fréquentait également le Club. Sa famille faisait partie de cette troisième et dernière vague d'Arméniens ayant immigré en Égypte. Ses parents étaient encore enfants lorsqu'ils arrivèrent au milieu des années vingt, son père, Sévan, tout d'abord, puis sa mère, Kariné. Leurs familles respectives ne se connaissaient pas mais certains drames rapprochent, au sens figuré comme au propre, de sorte qu'elles résidèrent l'une comme l'autre à Miṣr el Kadima, dans le Vieux-Caire, là où se situait également le cimetière arménien. Il se remplissait moins vite que ceux des terres qu'ils avaient quittées ; Dieu en était remercié quotidiennement.

On parlait arménien à la maison. On comprenait également le turc, bien que se gardant de prononcer un mot dans cette langue (à l'exception de l'annonce des tirages de dés lors des parties de *tawla* que Sévan Nakelian finissait généralement par remporter). L'arabe était réservé aux interactions avec leur pays adoptif. Pour le reste, l'un et l'autre travaillaient dans une imprimerie tenue par des compatriotes et dans laquelle Sévan avait fini par obtenir un poste de direction au fil d'échelons patiemment gravis. Conscients de la nécessité de s'intégrer au présent sans pour autant présumer du futur, ils s'étaient assurés que Mira apprenne en classe l'arabe ainsi que le français. Contrairement à la majorité de leurs compatriotes, ils n'avaient pas envoyé leur fille unique à l'école arménienne, mais plutôt dans un établissement religieux privé du Caire. Depuis son plus jeune âge, elle avait été habituée à frayer avec des amis issus de conditions plus favorisées, à décrocher lorsque le téléphone sonnait à la maison et à traduire pour ses parents les chansons d'Aznavour qu'ils fredonnaient phonétiquement.

Elle se posait régulièrement sur les tables extérieures du Club pour lire et regarder les courses de chevaux tandis que le soleil improvisait des reflets roux dans sa chevelure sombre. Le reste du temps, elle se réfugiait dans la salle de musique où elle découvrait les disques vinyle qui arrivaient de France. Elle écoutait en boucle *Ciao amore ciao* de Dalida, rêvant sur les couplets aux amours impossibles de l'Égyptienne de Choubra qui avait conquis la France, et était secrètement amoureuse de Salvatore Adamo dont les disques se vendaient encore dans le monde arabe. Elle se plaisait à disposer les pochettes des trente-trois tours les unes à côté des autres, mettant en scène des regards complices entre les artistes, leur inventant des dialogues et s'esclaffant avec ses copines devant l'absurdité des répliques qu'elles leur prêtaient. Son visage s'arrondissait un peu plus à mesure que son rire lui remontait les pommettes.

Tu connaissais les lieux depuis l'enfance. Ton père, qui n'avait jamais pris goût aux salons et autres cercles littéraires que fréquentait votre communauté, passait son temps libre dans l'ambiance enfumée des salles de jeu du Club. Il y retrouvait ses partenaires de bridge tandis que tu t'essayais à différents sports : la natation, le cricket et même le golf sur ce terrain, le plus vieux d'Égypte, qui avait longtemps été réservé aux seuls ressortissants britanniques. Tu t'es finalement rabattu sur le tennis où tu finis par obtenir un bon niveau. Au gré de tes tergiversations sportives, tu n'avais pas remarqué que les lieux de tes entraînements coïncidaient étrangement avec ceux choisis par Mira pour ses lectures. Il avait fallu que tes coéquipiers s'amusent de ce hasard tout relatif pour que tu te rendes à l'évidence que tu lui plaisais (version qu'elle contestera néanmoins, Mira-Mauvaise-Foi).

~

Ce lundi matin, tu devais te rendre en cours. À peine approchais-tu du portillon de votre villa que te parvinrent les cris d'excitation de la rue. Les voitures ne circulaient plus et les gens se massaient autour des taxis, immobiles et vitres baissées, qui avaient monté à fond le volume de leurs postes radio. Il était un peu moins de neuf heures et Radio Le Caire dénombrait fièrement plusieurs dizaines d'avions israéliens abattus. Cela faisait quelques jours que la tension montait. Les atermoiements de Levi Eshkol, les invectives autosatisfaites de Nasser, le rapprochement du roi Hussein et des alliés arabes, la prudence des puissances européennes, les tergiversations américaines… le décor d'une pièce glorieuse pour l'Égypte s'était rapidement mis en place et voilà que le premier acte démarrait avec fracas. Mystifiée par de prétendus exploits militaires, la foule exultait, répétant à qui voulait l'entendre les bribes de communiqués savamment distillés par le haut commandement de l'armée. Des hommes sortaient leurs bras des fenêtres du bus, tapant dans la main de passants inconnus. La journée s'annonçait historique.

Noyé dans cette masse humaine galvanisée, tu franchis avec effort le pont qui menait à Zamalek et te précipitas vers le Sporting Club, certain que vous seriez plusieurs à avoir eu la même idée. Les haut-parleurs habituellement réservés aux résultats sportifs relayaient la radio qui égrenait le chapelet des soutiens des pays alliés. Tu te prenais au jeu de cette ferveur populaire que venait exciter la harangue tantôt martiale, tantôt laudatrice des présentateurs radio. Tu avais tout juste dix-huit ans. L'idée te vint que tu pourrais être appelé toi aussi pour servir cette guerre ; tu tentas de ne pas y penser. Les heures défilaient et vous en étiez à près d'une centaine d'avions ennemis descendus. Vos forces avançaient dans le Sinaï et des commandos avaient déjà pénétré le territoire israélien.

— Il paraît que Nasser va déjeuner demain à Tel-Aviv ?

Tu entendais pour la première fois la voix de Mira ; en te retournant, tu reconnus la lectrice des terrains de sport.

— C'est ce qu'on raconte.

Tu te sentis soudain pris d'une audace inconnue et ajoutas :

— Et toi, tu dînes où, ce soir ?

Ce que l'on appellerait la guerre des Six Jours avait débuté quelques heures plus tôt et personne n'aurait pu se douter qu'elle était déjà largement perdue pour l'Égypte et ses alliés. Les récits de vos exploits imaginaires faisaient vibrer tout entier le pays, qui mettrait plusieurs décennies à mesurer les conséquences de sa défaite. C'était sans importance. Les gens autour de vous irradiaient de leur bonheur falsifié. La fin d'après-midi accordait sa clémence à la ville embrasée par les chaleurs de juin. Tu marchais, plus léger que le grain de sable qui danse dans le vent, tenant Mira par la taille. Il te semblait que ce jour pouvait autoriser quelques écarts aux convenances.

~

Que savais-tu d'elle ? À peine autant qu'elle en savait de toi. À peu près rien, en somme. Vous vous étiez donné rendez-vous à Zamalek, quelques heures à peine après vous être quittés. Rue Hassan Sabry Pacha, très exactement, là où banquiers, directeurs, députés et avocats possédaient des demeures dont l'architecture se voulait une traduction ostentatoire de leur réussite sociale. Ce quartier te semblait un décor des plus indiqués pour tes tentatives de séduction. La voir arriver te soulagea de la crainte inconsciente qu'elle ne vînt pas. Tu avais passé le début de la soirée à imaginer une promenade romantique qui vous mènerait vers ce restaurant chic où tu avais réservé une table. À peine avais-tu commencé à lui présenter le trajet que Mira t'interrompit.

Elle t'expliqua sans ambages qu'elle ne trouvait aucun charme à ces avenues prétentieuses et que vous feriez mieux, en cet instant historique, de vous trouver un bar où s'offriraient certainement quelques tournées au nom de la grandeur retrouvée de l'Égypte. Surpris, tu capitulas sans insister et lui laissas le choix de la destination. Elle te précéda en esquissant un sourire.

~

— Tu aimes danser?

Ce n'était pas vraiment une question et tu n'avais, de toute façon, pas beaucoup d'éléments factuels sur lesquels baser une réponse. Tu bafouillas quelques mots auxquels elle ne prêta pas attention; il avait suffi de pousser la porte pour que le bruit du lieu couvre vos paroles.

De toute évidence, Mira était en terrain connu. Elle tapait avec familiarité sur l'épaule des serveurs et habillait chacun de ses gestes d'une aisance naturelle qui contrastait avec l'hostilité des lumières et du volume sonore. Tu t'étais déjà laissé entraîner dans ces discothèques attenantes aux grands hôtels du Caire, mais elles t'apparaissaient bien proprettes en comparaison du lieu où tu mettais les pieds. Vous étiez tous deux debout. On te servit un verre que tu n'avais pas souvenir d'avoir commandé. Elle l'avait déjà réglé. Mira-Conquête-Spatiale. En temps normal, te faire inviter par une fille, qui plus est sans vraiment la connaître, t'aurait semblé impensable, mais plus rien ne te surprenait.

— Tu viens souvent ici?

Mira porta la main à son oreille pour te signifier qu'elle n'avait pas entendu. Tu approchas ta bouche de son visage, forçant ta voix pour répéter cette question qui te semblait désormais un peu niaise. Elle ne se donna pas la peine de répondre et agrippa ton bras pour te mener sur la piste. Tu n'avais jamais dansé auparavant. Toi qui avais mis des années à apprendre comment reproduire un geste médical, il te semblait évident que ta formation en danse n'excéderait pas quelques secondes. Ton regard s'accrochait aux mouvements d'une foule désordonnée pour tenter désespérément d'y trouver quelque inspiration. Tu n'aurais pas su dire ce que contenait ton verre, mais tu sentis qu'une grande gorgée ne serait pas inutile.

~

Deux jours. Il avait fallu autant de temps aux soldats ennemis pour conquérir le Sinaï qu'à Mira pour envahir tes pensées. Cela s'était fait par surprise, sans grande opposition. Deux jours. Avancer sous les radars, neutraliser toute forme de résistance, procéder à l'assaut. À l'image de Leila envoûtant Qaïs dans ce conte qu'on te lisait enfant, elle avait à ce point pris possession de ton esprit qu'elle te semblait plus présente encore lorsque vous n'étiez pas ensemble. Les dizaines de milliers de militaires égyptiens n'étaient pas rentrés du combat pour raconter la déroute de votre armée et l'on vivait les dernières heures d'une illusion de victoire. L'ivresse absurde de la rue valait bien la tienne.

Tu la revis le lendemain puis, à nouveau, le soir suivant. Chaque heure te séparant d'elle était emplie de ce mélange d'hébétude un peu naïve et d'attente inquiète propre aux premiers instants d'une relation. Tu dormis mal, admiras sous différents angles ton sourire dans le miroir, retournas machinalement le poignet droit où se trouvait ta montre, répétas quelques pas de danse à l'abri des regards et te confias à Nesrine qui n'avait jamais montré tant d'intérêt à ce que tu lui racontes tes journées. Du haut de ses seize ans, elle s'improvisa experte en séduction. Elle avait lu sur le sujet (pour l'essentiel *Madame Bovary,* discrètement emprunté à la bibliothèque de votre mère et réduit aux quelques passages qui retenaient son attention à mesure qu'elle en faisait défiler les pages) et affirmait, péremptoire, que les cœurs de femmes étaient tout à la fois semblables les uns aux autres et indéchiffrables pour un cerveau masculin aussi novice que le tien. Ce point lui conférait tout naturellement un rôle de premier plan dans ton projet de conquête amoureuse. Elle s'était investie de ta préparation, mentale et surtout vestimentaire, en vue de chaque rencontre et attendait impatiemment ton récit du lendemain matin pour mesurer l'avancée réalisée. Il te semblait voir ta mère derrière les manières de général d'armée que prenait ta petite sœur, au point que cela t'apparaissait tout à la fois touchant, amusant et parfaitement effrayant. Elle choisissait tes tenues et inspectait ta coiffure domptée à la gomina jusqu'à mater le moindre épi à qui viendraient des rêves de rébellion. En te voyant arriver, Mira ne manquait pas de hausser les yeux devant tes airs de garçon sage avant de te passer tendrement la main dans les cheveux pour leur rendre un peu de leur liberté.

7

— Comment ça, «pas venue»? Tu es sûr que tu ne t'es pas trompé d'endroit?

— C'est le même lieu de rendez-vous depuis lundi…

Nesrine cherchait la faille dans son plan. Elle s'était attardée sur les différentes hypothèses concernant la tournure que prendrait cette nouvelle rencontre, positionnant mentalement chacune d'elles sur deux axes en fonction de leur probabilité et de leur caractère plus ou moins favorable pour le dénouement espéré. S'il lui semblait avoir envisagé à peu près toutes les éventualités, il fallait bien admettre que ce faux bond n'en faisait pas partie. Elle en était d'autant plus désarçonnée que ce rendez-vous occupait une place de choix dans sa stratégie : il devait te permettre de collecter (avec tact) les éléments factuels sur lesquels forger son avis sur Mira. On ne pouvait pas accorder une confiance aveugle à une fille qui vous paye un verre que vous n'avez pas commandé, quand bien même serait-elle membre du Gezira Sporting Club! Mira-Janusienne.

— Il s'est forcément passé quelque chose la dernière fois que vous vous êtes vus! Tu l'auras vexée sans t'en rendre compte…

Nesrine réfléchissait quand un éclair lui traversa le regard :

— Oh ! tu ne lui as quand même pas dit…

— Non, je ne lui ai pas dit «je t'aime».

Tu prononças ces mots comme un élève récite studieusement une consigne élémentaire. Elle te regarda d'un air suspicieux qui signifiait qu'elle doutait de ton aptitude à respecter ses instructions pourtant claires, puis rompit le silence :

— Alors, c'est qu'il lui est arrivé quelque chose… Les gens sont fous en ce moment ! J'ai vu un vieillard manquer de se faire piétiner par des gens qui dansaient dans la rue sur des chants patriotiques.

— Et bien… non, en fait.

— Non quoi ?

— Après l'avoir attendue plus d'une heure, je me suis rendu chez elle et je l'ai vue par la fenêtre. Elle lisait un livre dans son salon.

— Attends, tu veux dire que tu connaissais son adresse ?

— Pas précisément, non… J'avais déduit de ses histoires le coin de Miṣr el Kadima où elle vivait.

— Mais j'en reviens pas ! C'est clair : elle t'avait donné son adresse et elle n'est pas venue, uniquement pour voir si tu irais la retrouver ! Tu ne comprends vraiment rien ! Je suis sûre qu'elle avait trois copines en faction devant chez elle pour voir si tu te pointerais pendant qu'elle faisait semblant de lire !

Le cerveau de Nesrine était en pleine ébullition. Elle venait d'obtenir la pièce manquante pour que le rouage s'enclenche de nouveau. Après quelques instants de réflexion, elle se résolut à t'exposer ce qu'il t'incomberait de faire pour la suite. Cela tenait en un mot : rien. « Rien ? » Oui, rien. Tu ne te rendrais plus aux rendez-vous, point. Tu attendrais simplement de la revoir, fortuitement, au Club, tu te montrerais indifférent à sa présence, elle ramperait devant toi, l'âme mortifiée par ses manigances (tu n'en demandais pas tant, mais Nesrine semblait tenir à ce point). Alors seulement tu pourrais envisager de lui pardonner.

Galvanisée par la tournure que prenaient les choses, ta sœur tapa du poing sur la table pour marquer l'épilogue triomphal de cette opération. « Une affaire de jours ! » lâcha-t-elle, ragaillardie, avant de prendre congé de toi.

Après avoir perdu dix mille hommes, l'Égypte accepta dès jeudi le cessez-le-feu de cette guerre commencée en début de semaine. Tu ne revis plus Mira pendant les quatorze années qui suivirent.

8

Le Caire, 1982

Elle profita de cet instant seule à seul avec son père pour lui demander si elle avait bien choisi son mari. Il lui rétorqua dans un sourire tendre : « Presque aussi bien que ta mère. » Il faillit ajouter « Il ne lui manque rien… sauf trois lettres à la fin de son nom de famille ! » mais se retint. Vêtue de sa parure nuptiale, elle se doutait qu'il n'aborderait pas de nouveau le sujet mais trouva tout de même un certain apaisement dans la réponse qu'il venait de lui faire. Mira-Arménité-en-Péril. Elle lui posa alors la seule question qui lui importait vraiment : « Es-tu fier de moi ? »

Ils se tenaient là, tous les deux, dans la rue, comme des anges égarés. Lui, soucieux de ne pas salir son costume en s'appuyant sur la Mercedes blanche qui venait de les déposer, elle tentant de se souvenir du mariage dont elle aurait rêvé, enfant. Elle ferma les yeux, chercha à former une image. Rien ne lui venait. Ni tenue, ni décor, ni entrée dans l'église, ni ouverture de bal… Rien. Elle aurait pourtant juré l'avoir maintes fois projeté. Elle vint à la conclusion que, du mariage, elle avait davantage rêvé l'accomplissement que l'instant précis. Cette explication lui parut rationnelle. Distraite par son reflet sur la vitre de la portière avant, elle n'en chercha pas d'autres. On ne tarderait pas à leur faire signe d'entrer dans l'église.

Seule concession obtenue auprès de sa belle-mère, leurs noces seraient célébrées dans la cathédrale catholique arménienne de l'Annonciation dont les rangs s'étaient remplis de membres des deux familles, d'amis et de notables que l'on côtoie peu mais dont il est bon malgré tout de s'entourer en pareille occasion. Pour le reste, une majorité d'invitations avait été envoyée à l'initiative de la famille de son époux. Elle se demanda si ce déséquilibre se remarquerait. Ce doute la hanta tout au long de la journée. Pendant la messe, où elle était assise face à l'assistance, dans le chœur de la cathédrale, mais également durant la soirée.

Dans sa robe cousue de pétales de roses, elle semblait plus jeune qu'elle ne l'était. Sur une idée de Nesrine, elle portait une couronne de fleurs qui rappelait sa tenue et maintenait vers l'arrière une chevelure aux reflets vaguement roux. Elle s'habituait à la sensation nouvelle de cette alliance en or blanc, sertie de diamants, qui enserrait son annulaire ; elle provenait de la boutique d'un de ces bijoutiers arméniens qui faisaient la réputation de la rue Adly. À mesure qu'il coulait, le bon vin endormait peu à peu la perfidie de ceux qui avaient baissé la voix pour demander si trente-trois ans n'était pas un âge tardif pour une mariée. Mais le sujet qui revenait immanquablement à chacune des tables était celui des retrouvailles entre les époux. Les femmes s'en attendrissaient tandis que leurs maris riaient volontiers des circonstances inattendues dans lesquelles elles s'étaient produites. «Rendez-vous compte ! Elle choisit la guerre des Six Jours pour le quitter avant de le retrouver quatorze ans plus tard, et il faut que ça .tombe au dernier défilé du 6 octobre!»

Tous avaient à l'esprit le récit de cette veille d'Aïd où, attablé dans un café, tu regardais distraitement l'écran de télévision qui retransmettait les commémorations de la guerre du Kippour. Au milieu du défilé militaire, deux officiers et quatre soldats sortirent d'un camion que l'on crut d'abord en panne et lâchèrent une grenade avant d'ouvrir le feu vers la tribune présidentielle. Ces images que le monde entier se repasserait en boucle dans les jours suivants firent l'effet d'une décharge électrique dans le commerce où tu les découvrais en direct. Certains clients poussaient, incrédules, des cris devant la scène qui s'offrait à leur regard, tandis que les autres leur intimaient de se taire pour pouvoir entendre les commentaires d'un présentateur dépassé par les événements. Les gens se massaient désormais dans le café pour regarder le téléviseur ou bien échapper au désordre dans la rue où une cohue survoltée faisait écho à celle, ensanglantée, qui fuyait les premières loges de la parade nationale. Personne n'entendit cet homme exalté s'écrier «J'ai tué le Pharaon!» sous le bruit des armes automatiques, mais il serait vite établi que le président Sadate n'avait pas survécu. Dans le brouhaha général, la seule phrase qui te parvint fut cette question, sincèrement incrédule, posée par une voix oubliée : «Tarek, c'est bien toi?» Fallait-il que le pays tout entier vacille de nouveau pour que votre histoire reprenne là où elle s'était arrêtée? Mira-Ange-de-l'Apocalypse.

∼

Les mois précédant votre mariage avaient permis de jeter les bases de votre futur emménagement. Le principal chantier consistait à reconfigurer le premier étage de la villa de Dokki en appartement indépendant pour que vous puissiez, Mira et toi, vous y installer. En dessous de vous se trouverait donc ton cabinet et, au second, ta sœur et ta mère. Cette dernière avait dirigé à marche forcée les travaux qui, fait notable pour l'Égypte, s'étaient terminés dans les temps, tandis que ta fiancée s'était chargée de la décoration. Une entente inattendue semblait lier les deux femmes, dépassant de beaucoup la simple cordialité d'usage. Elle te surprenait d'autant plus que leurs caractères ne les y prédisposaient pas, mais ta mère avait su ganter de velours sa rigueur militaire là où sa future belle-fille tâchait de faire preuve de pragmatisme et de conciliation. Elles étaient dissemblables jusque dans leurs physiques, et tu souriais de voir Mira prendre soin de ne pas porter des chaussures à talons lorsqu'elle rencontrait sa belle-mère pour ne pas accentuer l'écart de leurs silhouettes. Elles avaient conscience de leur complémentarité et se vouaient un sincère respect mutuel ; tu jalousais presque cette complicité établie en si peu de temps.

Écarté des travaux à ton grand soulagement, tu te contentais de percevoir les bruits du chantier depuis ta clinique du rez-de-chaussée et te réfugiais derrière l'excuse de la surprise qu'elles te réservaient pour ne questionner que minimalement l'une et l'autre au sujet de leur avancée. Il te fallut attendre le lendemain du mariage pour découvrir le résultat. Il revint à la mère de ta femme de vous accueillir, comme le dispose la tradition arménienne ; elle vous offrit une cuillérée de miel et quelques noix pour vous souhaiter une vie douce. Le charme dura à peine une année.

9

Lorsque tu arrivas au Moqattam ce soir-là, la foule était massée devant le dispensaire. Tu avais bien quarante minutes de retard, mais tous ici savaient que tu venais le mercredi et n'y aurais dérogé pour rien au monde sans les prévenir. À mesure que tu t'éloignais du centre du Caire, tu te sentais porté par un second souffle qui te faisait oublier les efforts d'une journée commencée près de douze heures plus tôt. Tu garas ta voiture à côté du bâtiment et rapidement les odeurs familières des déchets brûlés se firent sentir. Méprisant le semblant de queue censé régir l'ordre de passage, certaines personnes s'approchèrent de toi pour t'expliquer leurs problèmes ; ils se firent bien vite reprendre par ceux arrivés plus tôt. Tu jetas un coup d'œil furtif à la foule, distinguas quelques cas qui te semblaient prioritaires – jeunes enfants, personnes âgées ou visiblement affaiblies, situations d'urgence – et commenças tes consultations. Il faisait particulièrement chaud ce soir-là et l'unique ventilateur que tu préférais orienter vers tes patients ne t'était pas d'un grand secours. Les cas que tu voyais défiler relevaient autant de la médecine générale que des gestes élémentaires d'hygiène et de sécurité : blessures liées à l'absence de protection sur les chantiers, malnutrition infantile, douleurs abdominales et saignements urinaires annonçant souvent une bilharziose contractée faute d'eau potable...

Encore aujourd'hui, il t'arrive de repenser à cette soirée.

Tu avais fini de remplir le dossier médical de la dernière patiente et le classais méthodiquement dans ton armoire. Tu appréciais la relative quiétude de l'instant. Ta fenêtre ouverte laissait enfin filtrer un air plus frais entre les mailles de la moustiquaire. Par-delà les toits des habitations voisines que le sable rendait monochromes, ton regard s'arrêta un instant sur les lumières du Caire que tu surplombais. Elles te faisaient l'effet d'une danse, vaguement rythmée par l'écho de la circulation qui te parvenait de loin. Tu débranchas le ventilateur, refermas la fenêtre, éteignis la pièce et te dirigeas vers la porte. Alors que tu tournais la clé dans la serrure, tu sursautas en percevant un mouvement dans ton dos. Tu te retournas aussitôt et distinguas une forme humaine sortant de l'ombre. À sa corpulence fluette, tu la pris d'abord pour une fille avant de comprendre qu'il s'agissait d'un jeune homme qui ne devait pas avoir vingt ans.

Il ne disait rien mais ses yeux te fixaient. Sur le moment tu adoptas une raideur méfiante. S'il ne faisait pas si sombre, tu aurais pourtant vu qu'il n'y avait ni menace ni domination dans ce regard.

— Je peux t'aider, mon garçon?

Il se mordit la lèvre.

— C'est toi, le docteur?

Sa voix basse et posée tranchait avec son physique adolescent. Tu hochas la tête en signe d'approbation. La pression venait de retomber. Elle laissait place à la fatigue d'une longue journée qui prenait fin. Après t'être assuré que la porte du dispensaire était bien fermée, tu lui indiquas que ta tournée était terminée mais que tu reviendrais la semaine prochaine. Regrettant ta réponse, tu te repris et lui demandas en quoi tu pouvais lui être utile.

— C'est ma mère... Je crois que tu devrais la voir. Elle ne sort pas. On habite un peu plus bas.

Il tenait dans sa main droite quelques billets froissés qu'il te tendit. Rien dans son attitude ne semblait indiquer qu'il te demandait une faveur. Cela ressemblait davantage à la proposition d'un garçon habitué à négocier. Sans rivaliser avec les honoraires que tu pratiquais dans ta clinique de Dokki, la somme qu'il te présentait allait bien au-delà de ce à quoi tu aurais pu t'attendre d'un habitant du Moqattam. Tu crus d'abord qu'il s'agissait d'argent volé, comme s'il allait de soi qu'un billet de banque entre des mains démunies ne pouvait avoir qu'une origine suspecte. C'était idiot. Sans doute s'agissait-il du fruit de mois de privation. Tu espéras qu'il n'avait pas lu dans tes pensées, le remercias, lui fis reprendre ses billets et lui indiquas le chemin de ta voiture.

«Un peu plus bas» était bien à quatre ou cinq kilomètres du dispensaire et le trajet alternait chemins sinueux et routes à la limite du praticable. Tu essayas d'en savoir plus sur l'état de sa mère, il se contenta pour toute réponse de te dire qu'elle n'était pas folle.

— Non, bien sûr, elle n'est pas folle, murmuras-tu à mi-voix.

Au fond, qu'en savais-tu? Tu espérais que l'avenir te donnerait raison. Son visage ne t'offrait pas d'indice supplémentaire, il arborait l'expression juvénile de celui qui ne souhaite pas s'encombrer de courtoisie superflue. Le reste du trajet fut une succession d'indications concises que tu suivis avec attention. Il ne cherchait pas à remplir le silence au-delà du nécessaire; sans doute en faisais-tu de même à son âge.

— C'est ici, lâcha-t-il enfin.

La maison semblait à l'écart de toute autre habitation. Inégal, le mur principal laissait apparaître par endroits la forme des briques de terre crue qui le composaient. Deux fenêtres en bois de tailles différentes étaient encadrées de solides dormants; sans doute avaient-elles appartenu à des bâtiments distincts à l'origine. La seconde était condamnée et semblait avoir pour principale utilité de servir d'attache à la corde à linge tendue au poteau planté plus loin. Quelques vêtements y séchaient, dansant maladroitement dans la nuit sous l'effet d'un vent dyspnéique. De l'intérieur de la maison, une voix de femme s'étonnait du claquement des portières de ta voiture.

— Ali, c'est toi?

— Oui, maman, je ramène de la visite, répondit-il en passant la porte.

— À cette heure-ci? Tu aurais dû me prévenir, glissa-t-elle sourdement en se levant de la couche où elle était allongée.

Il y avait autant de reproche que d'interrogation dans sa voix. Elle se radoucit en te découvrant à la suite de son fils, remit en place le voile posé sur sa chevelure et te serra la main.

— Soyez le bienvenu dans ma maison!

La maison en question comportait deux étages. La porte d'entrée s'était ouverte sur une première pièce dont un lit occupait l'essentiel de l'espace. Une seconde complétait le rez-de-chaussée ; Ali t'y conduisit et ne te laissa pas le temps de te présenter.

— C'est un médecin. Je lui ai demandé de venir te voir.

Il savait parfaitement le regard de réprimande qui suivrait.

— Nous n'avons ni les moyens ni le besoin de voir un médecin, répondit-elle sèchement en fixant son fils avant de se radoucir en se tournant vers toi. Et puis ce monsieur est trop bien habillé pour travailler à cette heure-ci. Vous avez soif, peut-être ? J'ai un *karkadé* qui vient d'Assouan, il est excellent.

— Un *karkadé* sera parfait.

Ali comprit rapidement que sa mère n'avait aucune intention de se laisser ausculter et qu'il serait vain de tenter de l'en convaincre. Sans rien laisser paraître de l'effort qu'il lui en coûtait, elle se dirigea vers le réchaud, décrocha une casserole cabossée qui était suspendue au mur et mit de l'eau à bouillir. D'autres ustensiles étaient accrochés à des clous, plantés au hasard dans les briques en terre qui se devinaient sous une peinture écaillée. Tes yeux se promenaient sur les objets hétéroclites qui s'amassaient au bas des quatre murs. Ils formaient une collection de choses disparates et sans valeur qui ne semblaient pas tant destinées à leurs fonctions premières qu'à masquer le dépouillement des lieux. Deux ou trois seaux d'eau empilés, une vasque en céramique retournée, des bâtons de bois de diverses longueurs et, au pied d'un escalier, de lourdes pierres calant un poteau dressé en soutien de la poutre centrale et contre lequel tu pressentais qu'il valait mieux ne pas s'appuyer. Si cette précarité n'avait rien de surprenant, c'était la première fois que tu en étais témoin de manière aussi intime. La maison était bâtie à même la terre, de sorte que le sol absorba aussitôt les gouttes d'eau que quelques mouvements saccadés de la femme avaient involontairement fait tomber de leur récipient. Ali se leva pour prendre la casserole des mains de sa mère, mais elle le fit rasseoir d'un regard qui n'autorisait aucune insistance.

Elle te demanda si tu avais faim ; tu n'avais pas faim. Elle te demanda si un plat de fèves te ferait plaisir ; tu déclinas poliment. Elle s'excusa de n'avoir pas autre chose à t'offrir ; sans avoir l'occasion de protester de nouveau, tu finis attablé avec une assiette de *foul medammas* dont la fumée blanche exhalait généreusement. Tu fis semblant de ne pas remarquer qu'elle en avait servi moins à son fils qu'à toi. Et moins encore à elle-même. Son mur était rempli de cadres dont aucun ne semblait être aligné avec les autres. Elle y avait accroché également une collection de cafetières gigognes, un miroir juste au-dessus de la cuisinière et de nombreuses étagères dont l'une soutenait un lecteur de cassettes. Elle en fit jouer une de Mohamed Mounir en musique de fond et se levait toutes les demi-heures pour la retourner et lancer l'autre côté. Elle en profitait pour jeter un coup d'œil furtif à la pochette bleue sur laquelle le large sourire du chanteur ne semblait pas la laisser indifférente. Elle s'interrompait chaque fois que commençait sa chanson préférée et se mettait à taper dans les mains en chantant «les fenêtres ! les fenêtres !» dès que revenait le refrain. Elle se cognait parfois la jambe contre la table et faisait mine de rire de sa maladresse. Elle devait avoir quarante ans mais son visage était buriné et ses mains, celles d'une femme qui connaissait l'effort. Elle s'adressait à toi sur un ton maternel que son âge ne justifiait pas vraiment. Il lui arrivait parfois de répéter certains mots que tu venais de prononcer, non qu'elle les ignorât mais plutôt qu'il lui importait de comprendre le sens que tu leur donnais. Elle accueillait tes propos avec un intérêt sincère ; tu cessas d'encombrer tes phrases d'inutiles banalités. Débarrassé des convenances, tu prenais désormais le temps de répondre avec autant de justesse que possible à ses questions. Celles-ci te ramenaient souvent vers ton enfance, sans que tu puisses dire s'il s'agissait d'un hasard ou si ce sujet l'intéressait particulièrement. Tu lui fis soudain remarquer que vous aviez passé la soirée à ne parler que de toi et que tu ne savais pratiquement rien d'elle. Elle esquiva en souriant :

— C'est vrai que je suis face à un médecin, c'est à moi de répondre à ses questions, normalement ! Tiens, d'ailleurs, tu ne m'as pas dit : pourquoi es-tu devenu médecin ?

Tu haussas les épaules comme si tu n'y avais jamais réfléchi, comme si cela n'avait pas vraiment été un choix, comme si elle te prenait au dépourvu. Cela déclencha chez elle un rire sonore qui s'avéra rapidement contagieux. Elle commença à te dire que ce n'était pas grave puisqu'elle ne savait pas non plus pour quelle raison tu te trouvais là, face à elle, mais elle n'arriva pas à finir sa phrase tant elle riait. Alors vos rires fusèrent de plus belle. Tu demandas à Ali s'il savait ce qu'il voudrait faire plus tard. À dix-neuf ans, il semblait n'avoir jamais pensé qu'il puisse y avoir un plus tard où il ferait autre chose que ce qu'il faisait aujourd'hui.

— Je crois que j'aimerais soigner les gens, moi aussi.

— Allons bon ! Un médecin qui ne sait pas pourquoi il l'est devenu et un autre qui viendrait du Moqattam : me voilà bien entourée !

Elle se remit à rire mais tu aurais juré que ce rire était légèrement différent, comme s'il cherchait à couvrir le bruit de quelque chose qui se brisait en elle. Elle tourna à quelques reprises la cassette audio qui te devenait familière puis te vit la surprendre à camoufler un bâillement de fatigue…

— Ma consultation est terminée, monsieur le médecin-qui-ne-sait-pas-pourquoi? demanda-t-elle, faussement inquiète.

Elle te tendit sa main, paume ouverte vers le ciel. Tu fis semblant de prendre son pouls.

— Votre consultation est terminée, répondis-tu dans un sourire.

— C'est bien, il ne faudrait pas que ta femme s'inquiète de ton retard.

Un voile de surprise passa furtivement dans ton regard. Tu avais passé la soirée à parler de toi sans jamais mentionner l'existence de Mira. De l'ongle de ton pouce, tu touchas machinalement l'annulaire où se trouvait ton alliance. Elle esquissa un sourire. Tu lui fis signe de ne pas se lever et te dirigeas vers l'entrée.

Ali t'accompagna jusqu'à la voiture. La nuit était étonnamment douce pour un soir de novembre. Il y eut soudain dans sa voix une gravité qui tranchait avec le sourire qu'il arborait au cours de la soirée, lorsque tu discutais avec sa mère.

— Elle allait bien ce soir… Je veux dire, elle n'est pas tout le temps comme ça.

— Des gestes brusques?

— Oui, ça et d'autres choses. Sa main, parfois, elle bouge toute seule.

— Ce n'est peut-être rien…

Tu t'en voulus de ce mensonge. Ce n'était certainement pas rien mais, à cet instant précis, tu aurais souhaité le croire. Peut-être voulais-tu le voir sourire une dernière fois avant de le quitter. Tu tentas de te rattraper :

— ... je reviendrai la semaine prochaine, si tu veux. Après ma permanence.

— Merci, docteur.

— Merci à vous deux pour cette soirée.

De l'extérieur, tu vis diminuer la lumière qui s'échappait des fenêtres. Ali était rentré retrouver sa mère. Il dormirait face à elle, dans la chambre principale.

Tu démarras la voiture et finis par retrouver la route qui menait à la maison. Une assiette d'escalope panée et de patates douces t'attendait sur la table de la cuisine. Le tout était déjà froid. Tu les recouvris soigneusement, les rangeas au réfrigérateur puis montas te doucher. Tu avais beau t'être habitué aux odeurs du Moqattam, il t'arrivait régulièrement, au cours de ta permanence, de penser à cette douche où s'opérait le passage entre tes deux mondes. Tu restas longtemps immobile sous le jet d'eau fumante, puis pris un savon que tu appliquas en mouvements énergiques comme s'il fallait soustraire à ton corps toute trace des dernières heures. Il y eut ce grincement distinctif de la robinetterie interrompant l'écoulement de l'eau. Tu sortis de la salle de bains, légèrement étourdi par la chaleur. Mira était allongée dans le lit à moitié défait. Mira-Demi-Sommeil. Elle avait laissé la lumière allumée de ton côté. Tu l'embrassas sur l'épaule, sans la réveiller, avant de remonter le drap qui avait glissé à côté d'elle. Tu éteignis la lampe et t'allongeas près d'elle.

10

Le Caire, 1983

Sans pouvoir te l'expliquer, tu n'avais pas parlé d'Ali et de sa mère à Mira. Elle avait renoncé d'elle-même à te préparer le repas les soirs où tu travaillais au dispensaire et se contentait de lancer, mi-amusée, mi-résignée, que Moqattam était un bien vilain nom pour une maîtresse. Elle se doutait bien, à l'odeur entêtante des ordures qui s'accrochait à tes vêtements, que tu ne passais pas tes soirées à lui être infidèle. Se gardant de formuler explicitement le moindre reproche, elle accompagnait simplement ses allusions d'un sourire désabusé.

C'était devenu une habitude : chaque permanence que tu assurais sur la montagne était suivie d'une visite chez Ali et sa mère. Celle-ci lançait avec emphase : « Mon médecin est arrivé ! » dès qu'elle te voyait sortir de ta voiture, laissant au fumet du plat qu'elle t'avait préparé le soin de t'accueillir. Ce soir de janvier, pourtant, l'odeur habituelle de la nourriture ne s'exhalait pas de la maison. Tu frappas à la porte et entendis la voix d'Ali te crier de l'intérieur :

— N'entre pas!

— Ali? Que se passe-t-il?

— N'entre pas, je te dis!

— C'est ta mère? Comment va-t-elle?

Il y eut un silence. Tu frappas une dernière fois et décidas de franchir la porte. Ce que tu vis te glaça. Ce n'était pourtant pas la première fois que tu assistais à ce type de scène, mais jamais encore il ne s'était agi de personnes qui t'étaient proches. Ali tentait de maîtriser sa mère qui semblait épuisée par des convulsions violentes et incontrôlées. Elle poussait des cris inarticulés et ne semblait pas avoir remarqué ta présence.

— Je t'avais dit de ne pas entrer!

— Ali, qu'est-ce qui se passe?

— C'est toi, le médecin, non? Tu devrais le savoir!

Il avait le regard assombri d'une violence que tu ne lui connaissais pas. Tu t'approchas d'elle et protégeas son corps qu'aucune volonté humaine ne semblait plus régir en l'entourant de ton bras droit. D'un signe, tu indiquas à Ali d'écarter les meubles puis saisis un coussin de ta main gauche pour le placer contre la tête de sa mère et éviter qu'elle ne se cogne. Elle s'apaisa progressivement jusqu'à parvenir à s'allonger. Son essoufflement était visible. Tu lui essuyas le contour de la bouche et la laissas s'abandonner à un sommeil profond.

Il ne se prononça pas un mot entre vous pendant longtemps, comme s'il fallait à tout prix préserver ce silence si durement acquis. Vous regardiez son corps se soulever à chaque respiration, captivés par ce mouvement régulier semblable à la houle succédant à la tempête. Tu fus le premier à prendre la parole:

— Quand ça lui arrive, n'essaye pas de l'immobiliser de force, il vaut mieux...

Il t'interrompit sèchement :

— Mais bon sang ! Qu'est-ce qu'elle a ?

— Ali...

— Tu vois bien qu'elle ne va pas. Tu viens ici souvent, tu vois bien ! Pourquoi tu ne me dis rien ?

Tu ne savais pas l'expliquer. Tu cherchas longuement une réponse.

— Ali, je ne sais pas précisément de quoi souffre ta mère. Je veux dire... il peut s'agir de plusieurs choses. Est-ce que tu sais si d'autres membres de sa famille ont déjà eu ce genre de symptômes ?

Il baissa ses paupières en signe d'acquiescement. Tu inspiras longuement.

— Quoi d'autre ? La tête, aussi ? La pensée qui se ralentit ou des pertes de mémoire, par exemple ?

Il t'écoutait en te fixant des yeux, comme un condamné attend sa sentence. Tu ne savais pas quels mots employer puis finis par lâcher :

— Il y a de fortes chances que ça ne se guérisse pas... Je veux dire, si c'est ce à quoi je pense...

Il demeura impassible, la mâchoire serrée. Tu n'étais pas sûr qu'il ait bien compris. Il avait bien compris. Peut-être voulait-il que tu restes plus longtemps, au cas où elle se réveillerait ? Il n'y tenait pas.

Plus aucune parole ne vint troubler la nuit. Il y eut simplement le bruit des pieds d'une chaise que l'on recule, celui d'une porte qui s'ouvre puis se referme, celui encore d'un moteur qui se met en marche et la litanie des klaxons que récite un Caire qui jamais ne s'endort. Toi non plus, cette nuit-là.

~

Il n'y eut pas de nouvelle crise dont tu fus témoin les semaines suivantes. Vous n'abordiez jamais cette soirée de janvier et tu en viendrais à te demander, longtemps après, si la mère d'Ali en avait même conservé un souvenir conscient. Tu faisais mine de ne pas voir les grimaces et tics involontaires qui se manifestaient de plus en plus chez elle. Il lui arrivait également d'oublier certains détails, mais elle se reprenait rapidement et riait de ses propres faiblesses. «On ne rajeunit pas, disait-elle invariablement, si tu m'avais connue quand j'avais ton âge!» Il n'y avait pourtant pas dix ans qui la séparaient de toi.

Ali travaillait encore en ville quand tu arrivas chez eux, ce soir-là. Tu te rendis compte que tu ignorais totalement son métier; sans doute revendait-il des objets récupérés parmi les déchets que l'on recyclait au Moqattam. Sa mère vint t'accueillir en faisant remarquer, joviale, que son médecin avait de l'avance ce soir-là. «Ça tombe bien: je voulais te parler. Entre!» Elle fit bouillir de l'eau pour ton *karkadé* et s'assit à côté de toi.

— Écoute, je ne suis pas médecin comme toi, je n'ai pas fait des études, mais je sais très bien ce que j'ai. Je veux dire... je ne sais pas comment ça s'appelle, mais j'ai vu mon père et une de ses sœurs passer par la même chose et il n'y aura bientôt plus rien à faire. Je ne peux pas te dire combien de temps encore, peut-être quelques mois, peut-être quelques années, mais, en tout cas, pas longtemps. Ça ne m'effraie pas, tu vois. La mort ne m'effraie pas. Même les femmes, là-haut sur la montagne, qui me traitent de folle parce que je ne contrôle plus mes gestes, que je ne peux plus transporter d'eau sans me la renverser dessus, ça ne me fait rien. Si ça ne blessait pas Ali, je te jure que je ne prendrais même pas le temps de leur répondre. On vient tous sur terre pour mourir un jour et peut-être, avant, faire quelques jolies choses. *Mektoub*, c'est écrit. Mais tu vois, c'est ça le problème. Oh, pas pour moi : j'ai fait ce que j'avais à faire. Je ne sais pas si j'ai fait beaucoup, disons que j'ai fait de mon mieux. Et j'ai surtout fait Ali. Parce que, tu comprends, c'est de lui qu'il s'agit. C'est un bon garçon, les autres ne le voient pas toujours, mais c'est un bon garçon. Il est honnête, tu le connais un peu. Il t'admire beaucoup, il aurait voulu être médecin comme toi. Qu'Allah lui pardonne, on ne devient pas médecin quand on naît dans les ordures du Moqattam! Non, ne m'interromps pas...

Elle sembla chercher ses mots, avant de reprendre d'une voix à peine plus grave :

— Je sais que c'est ridicule et il ne sera jamais médecin, mais j'ai pensé qu'il pourrait peut-être t'assister ; tu pourrais lui montrer des choses. Tu donnes des piqûres, non? Voilà, il pourrait apprendre à donner des piqûres... Je ne sais pas, moi, des choses comme ça. Attends, laisse-moi finir... Je sais que tu fais déjà beaucoup pour nous et je ne sais même pas pourquoi tu le fais, si ce n'est parce que ton cœur est pur, bénis soient tes parents, mais je te le demande comme un service. Je ne veux pas que tu le payes, Tarek, ce qu'il apprendra sera déjà une grande richesse, j'en suis sûre. Il a besoin de faire quelque chose de sa tête, c'est important. Tu comprends ce que je veux dire? Elle sera bientôt remplie de choses difficiles qu'il devra faire pour sa mère.

Elle avait parlé d'une traite, sans baisser les yeux. Tu lisais en eux la fierté blessée de celle qui n'a pas l'habitude de demander de l'aide. Tu la connaissais depuis plusieurs mois, mais c'était la première fois qu'elle s'adressait à toi avec une telle gravité. Sa détresse était sincère et la faveur qu'elle te demandait, bien peu de chose. Tu acceptas de laisser Ali te seconder dans tes permanences sur le Moqattam. Elle te serra dans ses bras avec la même force que celle que tu lui avais découverte lors de sa crise. Pris dans cette étreinte, tu ne pouvais voir son visage, mais tu aurais juré qu'elle pleurait.

— Promets-moi de prendre soin de lui quand je ne serai plus là.

Tu promis.

∼

Vous étiez attablés, face à vous un plat encore fumant de taro bouilli qu'elle avait fait revenir avec tomates et coriandre. Vous parliez du président Moubarak qu'elle trouvait moins beau que Nasser. («Ils sont tous moins beaux que Nasser!» trancha-t-elle, définitive.) Vous regardiez distraitement une petite télévision qui filtrait en saccades les images rescapées d'une mauvaise transmission. Quand un jeune homme apparaissait à l'antenne, tu ne manquais pas de lui demander s'il était plus beau que Nasser, mais elle restait ferme sur ses positions. Ali rentra plus tard qu'à l'accoutumée ce soir-là; sans doute lui avait-elle demandé de vous laisser quelques instants ensemble. Il vous surprit à rire en poussant la grande porte. Lorsqu'il entra, tu lanças, amusé, à sa mère:

— Et lui, ma tante, est-ce qu'il est plus beau que Nasser ?

Elle fit semblant de considérer sérieusement la question en dévisageant longuement son fils, comme si elle découvrait à l'instant la finesse du tracé de ses sourcils ou les contours marqués de sa bouche grenat, puis prit un ton solennel :

— Lui est peut-être la seule exception !

— Plus beau que Nasser quand il était jeune officier ? insistas-tu.

— Mon fils est plus beau que Nasser ne l'a jamais été, Allah ait son âme, de son premier plat de fèves à son dernier murmure ! Tu oserais dire le contraire ? demanda-t-elle, une main dressée et l'air faussement offensé.

La question te prit de court. Tu tournas la tête en sa direction, il singea l'expression affectée des acteurs sur les affiches de cinéma. Sous ses airs désinvoltes, il y avait une grâce certaine dans ses traits que l'adolescence se refusait à abandonner.

— Il est très beau, ton fils, répondis-tu.

— C'est normal : quand je fais quelque chose, je le fais bien. D'ailleurs, tu prendras du dessert ?

Elle faisait mine d'être insensible à ton compliment, mais son visage était parcouru de bien trop de rides précoces pour qu'une émotion s'y pose sans se trahir. À ce moment précis, c'était bien de la fierté qui se lisait entre les lignes de son front. Cela faisait quelques minutes qu'une odeur de lait chaud et de cannelle avait envahi la pièce. Elle ouvrit la porte du four et en sortit un plat qu'elle posa théâtralement sur la table.

— Ma spécialité !

Tu éclatas de rire en découvrant qu'il s'agissait de ce dessert que l'on appelle *Oum Ali,* littéralement «la mère d'Ali». Ces instants avaient la douceur d'une dernière bûche que l'on jette au feu, chacun s'émerveillant de la chaleur qui s'en dégage tout en écartant de ses pensées le moment où elle s'éteindrait. Tu finis par proposer à Ali de t'assister lors de ta prochaine intervention au dispensaire du Moqattam.

— Mais je ne sais rien faire, protesta-t-il.

— Tu apprendras. Tu voulais savoir comment guérir les gens, il faut bien commencer quelque part.

Ali restait interdit. Sa mère fit mine de découvrir la proposition. Elle se tourna vers toi et ne s'embarrassa pas de l'avis de son fils pour accepter à sa place :

— C'est d'accord, Tarek, mais pas un sou, hein ! Tu lui apprends, il t'aide, vous êtes quittes : tu n'as pas besoin de le payer...

Puis, se tournant vers son fils :

— ... et toi, remercie-le au lieu de rester planté là !

11

Ali te secondait lors de tes permanences au Moqattam et tu le raccompagnais ensuite chez lui où vous passiez le restant de la soirée avec sa mère. Il se rendait au dispensaire une demi-heure avant toi pour repérer les cas prioritaires dans la file qui se formait. Ceux-là étaient conduits dans la salle d'attente où ils pouvaient s'asseoir en attendant leur tour. Ali apprenait vite. Il avait la main preste et tu avais rarement besoin de lui montrer plus d'une fois un geste pour qu'il le reproduise correctement. Il prenait le pouls, le poids, la température. Avait à cœur de bien faire. Ne semblait jamais incommodé par une odeur ou par la vue d'une plaie. Tu te surprenais à user des mêmes conseils et explications que ton père lorsque celui-ci t'enseignait ce métier. Tu t'entendais parfois reprendre jusqu'à ses intonations, comme si, à travers toi, il refusait de n'être plus.

Au bout de quelques mois, l'idée qu'il t'accompagne à ton cabinet de Dokki finit par s'imposer. De même que tu avais affiné ton apprentissage en secondant ton père, Ali y trouverait certainement l'occasion de découvrir ce métier dans de bonnes conditions. Cela pourrait se faire à raison d'une fois par semaine, la journée précédant ta permanence au Moqattam. Tu n'avais pas souvenir d'avoir vu Ali sourire autant qu'au moment où tu le lui proposas.

— Avec des vrais clients?

— On dit «des patients», Ali. Et ceux du Moqattam sont aussi de *vrais* patients, tu sais. Quand je vois combien ils attendent, je pense qu'ils sont plus «patients» que n'importe qui!

— Non, tu as compris, des patients qui payent, quoi.

Il avait le regard d'un jeune exaspéré de se faire reprendre sur la forme par quelqu'un qui a parfaitement saisi le fond. Tu t'en voulus un peu d'avoir inutilement altéré son sourire.

— Et en quoi est-ce important qu'ils payent?

— Bah, s'ils payent, c'est qu'ils ont le choix. Et s'ils te choisissent, c'est que tu es bon... Et si tu me demandes de t'accompagner, c'est que tu penses que je suis assez bon, moi aussi.

Il avait semblé hésiter avant de prononcer la dernière phrase. Comme s'il avait eu peur d'être ridicule, d'interpréter abusivement ta proposition. Il s'était exprimé d'une voix inhabituellement mal assurée, le regard feignant de s'attarder sur quelque détail au sol. Tu te revis dans le cabinet de ton père, cherchant dans ses gestes anodins le compliment que sa bouche ne prononçait pas. C'était une évidence qu'il était doué, comment pouvait-il en douter? Tu aurais voulu le lui dire mais ne savais pas comment. Tu changeas de sujet.

— Bien entendu, si tu prends une journée de ton travail pour venir au cabinet, je te prévoirai un salaire.

Tu ne connaissais toujours pas son métier, mais tu avais déduit à son rythme changeant qu'il n'avait sans doute pas de patron qui lui imposait des horaires particuliers.

— Mais Tarek, on avait dit…

Sachant ce qu'il s'apprêtait à dire, tu l'interrompis :

— Ce qu'on avait dit avec ta mère valait pour le Moqattam. Si tu viens travailler au cabinet, il est hors de question que tu le fasses sans compensation. Et puis, si je te paye, c'est que tu es bon, Ali. Pas vrai ?

12

Le Caire, 1983

Tu ne l'avais encore jamais vu ainsi. Chemise amidonnée, boutons de manchettes et cheveux domptés par la gomina, tu eus peine à reconnaître le jeune homme du Moqattam. Plus encore que la tenue, c'est son aisance qui te surprit.

— Si c'est une fille qui t'a donné rendez-vous à l'opéra khédival, elle s'est moquée de toi : ils ne l'ont pas encore reconstruit !

Il répondit par un sourire superbement imperméable à ton sarcasme.

— Ça te plaît ? demanda-t-il.

— C'est-à-dire que c'est un peu...

— Un peu ?

— Un peu... trop. Tu vas passer la journée en blouse blanche, tu sais ?

Tu avais prononcé ces mots avec précaution, comme pris par la crainte qu'il se sente ridicule. Tu n'avais pas répondu à sa question ; il ne la reposa pas.

La journée touchait à sa fin. La réceptionniste avait terminé son service et vous n'étiez plus que deux dans la clinique. Tu achevais de renseigner quelques documents administratifs pendant qu'Ali rangeait le matériel dans la pièce voisine. Tu reconnus l'homme qui venait de pousser la porte sans avoir frappé.

— Omar *bey*! Quel bon vent t'amène?

— Bonsoir, *ya doctur,* je suis content de te trouver là, j'avais peur que tu sois parti.

Ce n'était pas un homme, c'étaient des décennies d'excès, d'emportements et de tabac qui firent leur entrée avec fracas. Vieil ami de la famille, il avait fait fortune dans le commerce du coton où il était aussi craint que respecté. Tu connaissais depuis l'enfance ce raclement qui lui servait de voix, un son âpre et voilé où chaque syllabe prononcée semblait se débattre, enfouie sous des débris gutturaux que jamais rien ne déblayait. Les effets de l'âge exaltaient toute expression sur son visage; quand il prit un air grave, tu te souvins de la crainte qu'il t'inspirait dans tes premières années.

— Tarek, je voudrais te parler d'un sujet important, mais il doit rester entre nous, tu m'entends?

Tu répondis par un baissement d'yeux respectueux. Il reprit:

— Tu sais combien j'aime Dahlya, que Dieu bénisse nos trente-deux ans de mariage…

— Il lui est arrivé quelque chose? t'inquiétas-tu aussitôt.

Il écarta ta question avec la mine renfrognée de l'homme que l'on n'interrompt pas et poursuivit :

— Bon, trente-deux ans que je la contente sans qu'il y ait rien à redire. Grâce à Dieu, l'intelligence et la vigueur de nos trois enfants en sont la preuve. Alors oui, ils ont hérité de son fichu caractère, mais on voit bien qu'ils n'ont pas été conçus pendant un concert de kanoun!

Tu ne voyais pas où il voulait en venir mais te gardais bien de l'interrompre une nouvelle fois.

— Or, reprit-il en baissant la voix, il se trouve que depuis quelque temps... ça ne vient pas.

— Ça ne vient pas?

— Oui, ça ne vient pas.

Il semblait agacé de ne pas se faire comprendre et tu l'imaginais perdre patience devant quelque ouvrier interprétant mal ses ordres lors d'une inspection de ses manufactures de coton.

— Ça ne vient pas, nous sommes tous les deux là, dans le lit, et ça ne vient pas!

— Tu veux dire qu'elle ne veut pas?

— Mais si enfin, bien sûr qu'elle veut! Si tu savais... parole d'honneur, elle est gourmande et pas que de loukoums! Je veux bien la présenter au premier qui prétendra que cet appétit-là s'amenuise avec l'âge. Non, c'est moi, Tarek, c'est de moi que ça ne vient pas...

— Tu n'as pas d'érections?

— Ah, c'est bien un truc de médecins de mettre des mots épouvantables sur tout! Oui, si tu veux, c'est comme tu dis... Alors, qu'en penses-tu? C'est grave?

Tu étais sur le point de lui répondre quand Ali vous interrompit pour te dire qu'il avait terminé. Tu le remercias de loin mais il fit quelques pas dans votre direction pour vous proposer un thé avant de s'en aller. Le visage du vieil homme se mit à blêmir. Quelques syllabes inintelligibles accompagnèrent son geste nerveux de refus.

— C'est gentil, Ali, mais tu ne devrais pas nous interrompre. Rentre chez toi. Nous nous retrouverons demain soir au dispensaire.

La fin de ta phrase fut couverte par le cri strident d'une chaise qui recule. Omar était désormais debout, rassemblant ses affaires dans une ostensible agitation.

— Tu veux savoir la vérité, Tarek ? J'étais venu te voir pour avoir tes conseils comme ceux de ton père avant toi, mais c'était une erreur ! Une erreur, tu m'entends ? Il n'aurait jamais accepté une chose pareille !

Tu demeurais perplexe face à tant d'emportement. Tu tentas de le raisonner mais rien n'y fit. Il répondit à tes excuses par un claquement de porte. Ali semblait étonnamment insensible à la tempête qu'il venait de déclencher.

— Je ne comprends pas ce qui lui a pris… Je l'appellerai demain quand il se sera calmé. Il me parlait d'un sujet sensible pour lui. Tu aurais dû être plus discret, tu sais ?

— Oh ça va, ça se voit bien qu'il n'a rien ! s'emporta-t-il.

— Que veux-tu dire ?

— Il n'a aucun problème et il s'en est rendu compte, alors il s'est énervé, voilà tout !

S'il n'avait rien fait de véritablement répréhensible, tu étais surpris par la désinvolture avec laquelle Ali prenait la situation. Il ne semblait pas se rendre compte des conséquences que cela pourrait entraîner sur ta réputation. Tu privilégias néanmoins la pédagogie à l'agacement :

— Ali, être médecin, c'est avant tout savoir écouter les gens. Les symptômes physiques révèlent parfois des maux plus profonds chez un patient, il ne faut pas sauter aux conclusions comme ça...

— Je sais ce que je dis, nous nous connaissons.

— Vous vous connaissez? repris-tu, incrédule à l'idée de cette fortune du textile frayant avec un garçon du Moqattam.

— Oui, je le connais, il me connaît, nous nous connaissons. C'est un client.

— Un client?

— Oui. Enfin, disons que la dernière fois que nous nous sommes vus, il ne souffrait pas vraiment de ce dont il te parlait. Je ne suis pas un médecin brillant comme toi, mais je crois que le remède qui lui convient ne se trouve pas sur les étagères d'une pharmacie.

Tu fixas Ali sans pouvoir prononcer un mot. Si tu cherchais à te persuader qu'il s'agissait d'une blague, son visage ne laissait pas de place au doute. Il arborait un sourire satisfait devant l'effet que produisait sa révélation.

— Tu veux dire que toi... et lui...?

Il fit une moue faussement outrée.

— Tu crois que tu fais le seul métier où les gens acceptent qu'on les palpe?

Tu n'arrivais plus à contenir ton rire. L'image de ce magnat du coton, craint dans tout le pays et surpris par son amant au moment d'évoquer ses problèmes d'impuissance, était plus savoureuse que toutes les *nokats* égyptiennes que l'on avait pu te raconter!

13

À l'empressement avec lequel il rangeait le matériel, tu voyais bien qu'Ali était de plus en plus impatient de rentrer lorsque se terminaient les permanences. À la vérité, tu partageais les mêmes préoccupations et il n'était pas besoin de lui parler pour en nommer l'origine.

Tu avais vite renoncé à demander à sa mère de ne pas cuisiner pour vous : c'était peine perdue. Elle s'obstinait à te recevoir comme il se devait et ne jugeait la réussite d'une soirée qu'au nombre de fois où tu acceptais de te resservir. «Au Saïd, c'est comme ça», répétait-elle invariablement tout en s'excluant de sa propre injonction lorsque tu lui tendais le plat. Elle posait alors sa main droite sur sa gorge pour te faire comprendre qu'il lui était difficile d'avaler et tu n'insistais pas. Elle usait de stratagèmes pour masquer la progression de la maladie, mais son empreinte se devinait dans le voile qu'elle ne parvenait plus à nouer seule ou dans les éclats mal balayés d'une assiette échappée au sol. Elle ne sortait plus de chez elle, privant les mauvaises langues du Moqattam de leurs mesquineries quand elles faisaient passer pour ivres sa démarche chaloupée et ses mots ralentis. Ali s'énervait lorsque vous vous rendiez chez lui après une permanence et que mijotait un plat qui avait dû demander à sa mère des heures de préparation.

— *Yammay,* qu'est-ce que tu nous as encore préparé ? Tu avais promis de te reposer !

— Ne dis pas n'importe quoi… Le jour où tu m'entendras promettre une bêtise pareille, tu pourras commencer à t'inquiéter pour moi !

Elle grommelait tout bas, feignant de ne parler qu'à elle-même. Le débit s'était ralenti et les mots peinaient parfois à venir, mais elle n'avait rien perdu de sa loquacité. Elle posait ses lèvres sur le front d'Ali. Il avait la moue exaspérée de l'adolescent que les marques publiques d'affection maternelle embarrassent puis se laissait faire de bonne grâce. Elle poursuivit, les yeux plantés dans ceux de son fils :

— La seule chose que je veux bien promettre, c'est de ne pas cesser de t'aimer. Tiens, d'ailleurs, tu apprendras que les femmes tiennent toujours leurs promesses, c'est pour ça qu'elles ne donnent pas leur parole en l'air. Ce n'est pas comme vous, les hommes : vous seriez prêts à dire n'importe quoi pour vous tirer d'affaire ! Enfin, sauf peut-être lui, à la rigueur, il m'a l'air d'être un homme de parole, celui-là. Elle te désigna du menton avant de s'interrompre : Allez, allez, à table, ça va refroidir.

Elle avait beau prononcer ces mots sur un ton badin, vous saviez, elle comme toi, à quelle promesse elle faisait référence : l'engagement que tu avais pris de veiller sur son fils si elle venait à disparaître. Tu te demandais où ce corps amaigri avait puisé la force de vous préparer des pigeons farcis au blé vert. Sa mémoire lui faisait parfois défaut mais elle n'oubliait jamais les recettes de Haute-Égypte. Elle vous avait préparé un repas de fête, une fête faussement joyeuse dont on pressent qu'il n'y en aura pas beaucoup d'autres. Elle ne touchait presque pas à sa part, prétextant qu'elle mangeait toujours trop en cuisinant. Elle n'avait plus le corps d'une femme qui mange trop.

∼

Elle perdait du poids et parfois la mémoire. Un matin, au réveil, elle eut un mouvement de stupeur en découvrant un jeune homme dans la pièce. Il lui demanda si tout allait bien. Elle resta interdite, de surprise plus que d'inquiétude, car cette présence étrangère n'avait rien de menaçant. Il s'approcha d'elle, lui passa la main dans le dos et commença à lui demander si elle le reconnaissait. Ali n'eut pas besoin de terminer sa question pour qu'elle en comprenne le sens. Elle lui adressa en retour un mouvement négatif de tête. Non, elle ne le reconnaissait pas. Percevant la détresse que sa réponse venait de provoquer dans les yeux de son jeune interlocuteur, elle fut saisie de pitié et le prit d'instinct dans ses bras, un peu comme une mère enserrerait son fils pour le consoler.

14

Quinze, peut-être vingt. Vous n'étiez guère plus pour accompagner le corps inerte de la mère d'Ali dans sa dernière promenade. Le soleil asséchait la terre de son implacable indifférence. «Il n'y a de Dieu que Dieu et Muhammad est son prophète.» La poussière des pas traînants formait un nuage dense qui s'imprimait sur les peaux humides. «Il n'y a de Dieu que Dieu...» Ali faisait partie des quatre porteurs qui soulevaient le cercueil. Tu ne connaissais pas les trois autres. Des gouttes de sueur perlaient sur son visage rasé de près; elles lui parcouraient le cou en épousant sa jugulaire. Il ne laissait transparaître aucune émotion mais, derrière chaque déglutition, tu croyais déceler sa gorge serrée par la tristesse. Ou bien par le sable. Le Caire laissait entendre au loin son vacarme impénitent. Ici le silence, là-bas le bruit. Là-bas la vie, ici l'après. Face à l'affairement de millions d'individus, que pèse le recueillement de vingt personnes? Vingt, peut-être quinze.

La croyance veut que l'âme de la défunte demeure auprès des hommes durant quarante jours. Cela faisait pourtant quelques mois qu'elle semblait s'être dissociée de ce corps prématurément usé. Ali soulevait ce qu'il restait de l'enveloppe charnelle de celle qui l'avait porté dans son ventre ; l'effort lui gonflait les veines du front. Vous n'aviez pas échangé un mot durant la cérémonie. À plusieurs reprises, tu avais tenté de croiser son regard que rien n'agrippait. Il glissait sur les choses comme la transpiration le long de ses tempes. Quand tout fut terminé, tu lui proposas de le raccompagner. Le soleil déclinait. Il accepta d'un mouvement de tête. Le bruit étouffé de vos pas qui évitaient de soulever inutilement la poussière vous accompagna jusqu'à la voiture. En ouvrant la portière, une exhalaison de cuir réchauffé s'échappa. Ali ne disait rien. Tu tournas la clé. Un raclement de moteur accompagna la cassette qui reprit sa musique à l'endroit où elle s'était arrêtée. Ce bruit soudain te fit tressaillir ; tu coupas le son. Ali ne réagissait pas. Le front appuyé à la vitre de sa portière, il t'offrait la vue de son dos humide. Sa chemise collait à ses omoplates saillantes. Tu aurais voulu percer son mutisme, deviner les mots qui auraient pu l'apaiser. Par instants, il te semblait qu'il dormait, le corps abandonné aux cahots d'une route inégale. À d'autres, qu'il pleurait, le sanglot étranglé par la pudeur. Tu en voulais à ces klaxons absurdes qui t'empêchaient d'écouter son silence. Le cadran indiquait dix-neuf heures douze dans ses chiffres en bâtons verts lumineux aux angles suspects. À mesure que vous gravissiez le Moqattam, tu voyais au loin les colonnes compactes de voitures qui se déversaient péniblement dans les artères du Caire. À droite les lumières rouges, à gauche les blanches. Quand tu étais enfant, ton père te racontait que les voitures devaient leur place dans l'une ou l'autre file à la couleur de leurs lumières. Tu étais fasciné par cette règle de circulation qui produisait de si beaux effets nocturnes. Sans compter que tu n'en connaissais aucune autre qui soit à ce point respectée par les automobilistes cairotes. Quel âge avais-tu lorsque tu compris enfin que les phares de tout véhicule étaient blancs à l'avant et rouges à l'arrière, la lumière que tu distinguais ne correspondant qu'au sens de chaque voie selon l'angle où tu la regardais ? Pour quelle raison l'esprit retient-il ce genre de détails ?

Tu approchais de chez Ali. Tu garas ta voiture devant sa maison, dans cet emplacement que l'obscurité t'aurait dissimulé si tu ne le connaissais pas. Comme il ne réagissait pas à l'arrêt du moteur, tu levas ta main droite du levier de vitesses qui avait cessé de trembler pour la poser sur son épaule. Ta bouche s'approchait de son oreille pour lui murmurer que vous étiez arrivés. Il se tourna ; ses yeux étaient grand ouverts. Tu ne reculas pas. Un souffle, d'abord. Puis une chaleur douce. Ses lèvres se posèrent sur les tiennes. À moins que ce ne soit l'inverse. Après tout, comment le saurais-je ?

15

Un système simple et ordonné peut se révéler parfaitement imprédictible. Simple au sens où peu de variables le régissent. Ordonné puisque soumis à des actions strictement connues et exemptes de hasard. Pour autant, impossible à prévoir. En physique, ce paradoxe se nomme «chaos déterministe».

Ta vie était constituée de cercles concentriques qui avaient pour noms la maison, la communauté et le pays. Simple. La maison attendait de toi que tu diriges ta famille et en assures la perpétuation. La communauté te concédait le statut de ton père contre l'illusion qu'elle avait encore un avenir. Le pays, dans son obsessionnelle quête de stabilité, demandait à chacun d'exalter morale et tradition. Ordonné. Et de là, pourtant, le chaos.

En apparence, aucun changement dans le fonctionnement de ton existence : les rouages poursuivaient leur imperturbable rotation, ils produisaient encore le tic-tac familier qui endormait la vigilance de tes proches. Mais la mécanique de ce système bien rodé, simple et ordonné, s'était tout bonnement mise à produire du chaos. À défaut d'en avoir pleinement conscience, tu en avais tout au moins l'intuition. Tu savais d'instinct qu'il fallait taire les doutes dont tu étais la proie et le trouble qui les avait fait naître. Tu étais cet enfant profitant d'une baisse d'attention pour ouvrir une boîte d'allumettes. Il ne sait pas à ce moment précis l'incendie qu'elles provoqueront, tout juste en pressent-il la lointaine possibilité.

Ali avait pris place dans le système. Tu feignais de ne pas voir qu'il était un intrus dans la maison, au seuil d'une famille que l'on n'intègre que par la naissance ou le mariage. Qu'il restait un imposteur pour cette communauté avec laquelle il ne partageait ni la religion ni la situation sociale. Que son existence libérée était perçue comme une menace aux bonnes mœurs de son pays.

Il en résultait un déséquilibre entre vous dont tu minorais la réalité. Peut-être même y prenais-tu goût. Ce cadre que la société vous avait imposé n'était-il pas gratifiant pour toi? Tu transmettais à Ali ce que l'on t'avait enseigné de la médecine. Tu étais celui qui savait, qui avait, qui donnait. Tu mettais tes connaissances à la portée de cet autre qui n'aurait jamais pu y prétendre. Il avait plus besoin de toi que l'inverse, c'était une évidence qu'il était inutile de souligner. D'ailleurs, tu t'appliquais à ce que cette asymétrie ne lui soit pas renvoyée lorsque vous étiez en présence l'un de l'autre. À la différence de ta mère quand elle «faisait le bien» (formule elliptique qui avait l'avantage de laisser à son interlocuteur le soin d'imaginer la portée de sa générosité), tu ne cherchais pas à en retirer de gloire particulière. Au contraire, il fallait que les apparences soient préservées, que le système semble inchangé. Simple et ordonné.

Mais d'un geste, le chaos. Ce baiser échangé la veille. Tu y voyais la marque d'affection d'un garçon déboussolé par la mort de sa mère, une tentative maladroite pour te montrer son attachement, pour exprimer un besoin de réconfort. Mais se pouvait-il qu'il s'agisse de plus que ça?

Tu ne savais pas grand-chose de l'homosexualité. Il s'agissait, pour les uns, d'un motif de plaisanterie, pour les autres, d'une perversion venue de l'Occident, mais rarement d'un thème dont on discute. Il y avait bien eu ce patient venu te demander conseil quelques années auparavant et auquel tu n'avais pas été d'une grande aide. Tu t'étais contenté de lui assurer que tu ne le dénoncerais pas. Pour le reste, ce sujet était aussi absent de ta vie sociale que du Code pénal égyptien. Il s'en trouvait certainement que l'on emprisonnait pour motif de débauche, mais tu aurais été en peine de nommer un homosexuel dans ton entourage. Sans doute n'y en avait-il aucun. Tu te demandas s'il fallait placer le vieil Omar dans cette catégorie et pouffas aussitôt de rire. Impensable, voyons! il était marié. Qu'il se retrouve au lit avec un prostitué relevait plus sûrement d'un début de sénilité.

Pourtant, cette vision installait en toi une sorte de malaise. Imaginer Omar avec Ali. Le corps usé du premier se payant la vigueur du second. Quel tarif pouvait justifier d'imposer sa déchéance à un jeune homme tel qu'Ali?

Ali te fascinait. Il y avait chez lui une liberté absolue, une absence de calcul, une exaltation du présent. Il n'était lié par aucun passé et ne concevait pas l'avenir à travers les mêmes contraintes que toi. Il se contentait de vivre et tu te surprenais parfois à espérer que vivre serait contagieux. Tu tentais de te représenter mentalement le garçon que tu étais à son âge, mais les images qui t'apparaissaient étaient sans éclat. Tu repensais aux choix par lesquels tu t'étais construit et une pensée obsédante s'insinuait en toi: celle d'avoir été méthodiquement dépossédé de chacun d'eux. Par tes parents, par conditionnement social, par des raisonnements préétablis, par sens du devoir, par atavisme, par habitude, par lâcheté, comme s'il y avait toujours eu une bonne raison de ne pas trancher. Se pouvait-il qu'inconsciemment tu aies cru te soulager du poids de chaque décision en l'esquivant? Et pour quel résultat? Conservais-tu ne serait-ce qu'un souffle de cette infinie légèreté qui semblait gonfler les poumons d'Ali chaque fois qu'il respirait?

Se pouvait-il que tu lui plaises?

La veille, dans ta voiture, au moment de sentir ses lèvres sur les tiennes, tu avais été surpris par leur douceur. Peut-être aurais-tu été rassuré d'éprouver une répulsion instinctive, mais il n'y avait rien eu de tel. Tu avais aimé leur goût légèrement salé. Ton rythme cardiaque s'était accéléré. Tu redevenais cet adolescent découvrant l'alcool sous les encouragements d'un camarade plus téméraire.

Tu repensas au premier baiser échangé avec Mira. Celui espéré en vain alors que tu sortais de l'adolescence. Celui que tu avais enfin décroché sous le porche de sa maison, quatorze années plus tard. Ce n'était pas la première fille que tu embrassais et pourtant, au moment où vos bouches s'étaient rapprochées, tu avais senti un frisson te parcourir. Le désir, l'inquiétude, l'odeur du parfum déposé derrière son oreille, le goût de son rouge à lèvres. Comme elle ne s'était pas dérobée à ton étreinte, tu avais repris confiance: «Quand je te raccompagne, je me demande toujours combien il faudra d'années pour te revoir, alors...» Contre tes lèvres, les siennes s'étaient tendues en un sourire amusé.

Avec elle, ça avait été la séduction. Avec lui, la surprise. Tu regrettas l'association d'idées par laquelle tu venais de rapprocher ces deux baisers. C'était idiot. Mira était la femme de ta vie, celle avec qui tu vieillirais après avoir mis au monde des enfants qui vous ressembleraient. Elle avait su gagner ton cœur et le respect de ta mère ; votre couple apparaissait désormais comme une évidence aux yeux de tous. Mira-Pleine-de-Grâce. Tu t'en voulus d'avoir mis sur le même plan ton écart de conduite de la veille. Tu irais lui acheter des fleurs avant de remonter dans vos appartements, ce soir.

16

Tu crus qu'il ne reviendrait pas travailler le lendemain, mais il se présenta bel et bien. Il fut ponctuel, appliqué; aucune émotion ne transparaissait de son attitude. On aurait eu peine à croire qu'il avait enterré sa mère la veille. Et, tout autant, que vous vous étiez embrassés. Tu guettais avec appréhension un signe de complicité ou de gêne, un regard, une allusion de sa part à ce qui s'était passé. En vain. En fin de journée, tu te décidas à ouvrir le sujet:

— Tu sais, par rapport à hier…

— Oui, je voulais t'en parler. Maintenant que ma mère est morte, tu ne dois pas te sentir obligé de me garder dans ta clinique.

— Pourquoi tu dis ça?

— Les promesses, on les fait aux vivants, pas aux morts. Tu as tenu la tienne. Si tu veux que je parte, il n'y a aucun problème.

— Mais non, voyons. Pas du tout… Et puis, je ne parlais pas de ça, je voulais dire, à propos d'hier, quand on s'est…

— Embrassés?

— Oui, voilà. Embrassés.

— Eh bien ?

— Eh bien, tu fais comme si de rien n'était, je ne voudrais pas que tu penses que…

— Je ne pense rien. J'ai l'habitude de ne pas reconnaître les hommes que j'ai embrassés la veille.

Il n'y avait pas d'agressivité dans sa voix. Tout au plus une pointe de défi. Il avait prononcé ces mots d'un ton calme et posé, en repliant ses affaires, sans précipiter le moindre geste. Il te dit au revoir avec le même sourire détaché qu'à l'habitude.

~

Tu ne te parfumais jamais avant de te rendre au Moqattam, pour ne pas incommoder les patients et, surtout, parce que cette coquetterie était bien futile pour le lieu où tu te rendais. Ce soir-là, tu te surpris à libérer ton eau de Cologne de son flacon en quelques pressions furtives. La journée qui avait suivi votre conversation te semblait interminable. Les derniers mots échangés avec Ali mobilisaient ton esprit. Tu ne voulais pas devenir l'un de ces hommes dont il parlait sans affect. Tu y repensas sur la route.

Sur la montagne, personne n'ignorait qu'Ali venait de perdre sa mère. Pour autant, nombre d'entre eux ne se donnaient pas la peine d'afficher de la tristesse pour une femme dont ils n'avaient jamais caché le mépris qu'elle leur inspirait. Les autres lui présentaient leurs condoléances, parfois dans l'espoir de gagner quelques mètres dans la file d'attente dont il avait la charge. Il répondait par un mouvement de tête poli qui ne donnait pas prise à leur manœuvre.

À ton arrivée, quelques patients mécontents de la place qui leur avait été attribuée s'approchèrent de toi pour tenter un dernier recours. Comme chaque fois, tu leur répondis que tu t'en remettais à l'appréciation de ton assistant. Ils regagnèrent la file en maugréant mollement pendant que tu saluais Ali avant d'entrer dans le dispensaire. Quand la nuit finirait par tomber, qu'infirmes et souffrants auraient reçu les soins rudimentaires que tu étais venu leur prodiguer, tu lui offrirais de le raccompagner comme vous en aviez l'habitude. Accepterait-il, à présent que tu n'avais plus l'excuse de rendre visite à sa mère? Tu garerais ta voiture au même endroit qu'à l'avant-veille. Et puis, après?

Il s'étonna avec une fausse candeur que tu te sois parfumé. Tu te sentis un peu ridicule, bredouillas une excuse pour justifier ces apprêts inhabituels. Il sortit sans presser le pas, une fossette narquoise dessinée sur sa joue. Tu te sentis coupable des pensées qu'il te devinait, des projections que tu faisais sur lui alors même qu'il était en deuil. Tu repensais à sa mère, à qui tu avais juré de veiller sur son fils après son décès. Que restait-il de tes promesses? Ali prétendait la veille qu'elles n'engageaient que les vivants. Tu jetas un regard par la fenêtre: il allumait une cigarette, adossé à ta voiture.

Il ne me revient pas de raconter ce qui se passa cette nuit-là. Je ne me rangerai jamais aux côtés de ceux qui le jugeront mais ne cherche pas davantage à l'imaginer. Cela vous appartient, voilà tout. Je m'en tiens à deviner l'obsession qui fut la tienne dans les jours qui suivirent.

L'eau s'infiltre insidieusement dans la brique en terre crue. On observe avec fascination la première goutte qui, en quelques secondes, vient tacher la matière à mesure que celle-ci l'absorbe. C'est alors une flaque entière qui emprunte le même chemin de capillarité. Le matériau se gorge d'eau au point de commencer à montrer des signes de faiblesse. Combien de temps faut-il pour que la construction tout entière ne soit en péril? Tu ne cherchais pas à mettre de mots sur l'effet qu'Ali produisait sur toi. À quoi bon décrire l'espoir tourmenté dans lequel te plongeait la vue de sa nuque, le frisson soudain au contact de sa chaleur, le tourment intérieur qui précédait chacune de ses paroles, l'incertitude du lendemain, l'intranquillité à l'idée que tout s'arrête brusquement?

17

De l'ail. Des gousses d'ail, finement hachées. De ses mains fraîchement manucurées, la répétition d'un geste sec et nerveux pour en venir à bout. De l'ail et de l'oignon. Ce n'était pas tant pour le goût que pour l'odeur. De l'ail et de l'oignon sur un feu doux. Elle avait mis un tablier pour ne pas tacher le chemisier blanc que tu lui avais offert. Un feu lent, un feu patient. Il fallait que ça se sente, que ça emplisse l'air de chaque étage de la villa. Elle remarqua une éraflure sur un de ses ongles et cela la contraria. De l'ail et de l'oignon coupés en morceaux, jetés aux flammes, se vidant de leur eau jusqu'à n'être plus qu'une version réduite d'eux-mêmes. Flétrie, asséchée.

Depuis ton cabinet, tu sentais les effluves du repas que Mira préparait. En t'entendant monter, elle eut le réflexe de dissimuler le doigt au vernis entaillé. Tu la prévins de ne pas t'attendre pour manger. Tu lui servis une explication qui te semblait recevable : apprendre à l'instant l'anniversaire d'Ali et te sentir obligé de ne pas le laisser seul pour l'occasion alors que sa mère venait de décéder, quelques semaines plus tôt… Elle se serait passée de tes justifications. Tu aurais pu simplement dire que tu t'absentais, sans prétexte, sans air coupable, sans mentionner ce prénom. Elle n'aurait pas eu de permission à t'accorder et se serait épargné ton sourire au moment de l'obtenir. Cela lui aurait été préférable ; elle n'en laissa rien paraître. Tu étais sur le point de redescendre quand tu te retournas, penaud :

— Ah, au fait... tu voudrais venir ?

— Amusez-vous.

Mira-Laconique. Elle ne te regarda pas en lâchant la réponse que tu espérais intérieurement. Tu n'avais pas remarqué l'ongle à la manucure abîmée. Ni les autres. Tu dévalais les marches de l'escalier, les talons marquant ton excitation égoïste. Elle hésita entre réappliquer du vernis et tout passer à l'acétone.

Tu fis un mouvement de tête à Ali pour lui indiquer que c'était bon. Tu cherchas un instant dans quel restaurant célébrer l'événement ; tu te revoyais avec Mira dans chacun d'eux lorsqu'il te venait à l'esprit. Tu finis par choisir cette péniche où l'on servait des fruits de mer. Ali ne t'avait pas questionné sur le lieu où tu l'emmenais, il se laissait guider sans chercher à entamer la surprise qui lui était destinée. Tu sentais l'impatience te gagner à mesure que vous vous rapprochiez. Il souriait doucement de ce que tu cherches à l'impressionner. Il souriait de te voir sourire. Il souriait et c'était tout ce qui importait. Tu garas ta voiture en amont du quai. Manger sur le Nil, tu te figurais sa tête au moment de gagner la rive ! Ce devait être si différent de tout ce qu'il connaissait. Un palmier ajoutait de l'ombre à la noirceur de la nuit. Tu eus envie de lui prendre la main mais sans oser le faire. Tu te contentas de lui tapoter furtivement la cuisse pour lui indiquer que vous étiez arrivés. En franchissant la portière, il lança, désinvolte :

— Excellent choix, le homard est délicieux ici.

Il avait opté pour une table qui donnait sur la fenêtre. En lui demandant de choisir le vin, tu eus une soudaine appréhension que cela le mette mal à l'aise parce qu'il ne s'y entendrait guère ou bien parce qu'il ne boirait tout simplement pas d'alcool, mais il se prêta volontiers au jeu, choisissant puis goûtant un riesling qui se mariait à merveille avec ce que vous aviez commandé. À la faveur d'une nappe qui atteignait presque le sol, ta jambe cherchait à effleurer la sienne. Il attendit que le garçon se fût éloigné pour te le désigner d'un mouvement de tête.

— Tu vois, ce serveur? Il fait semblant de ne pas me reconnaître même si on a grandi ensemble. Enfin, je veux dire, à côté, au Moqattam. On peut grandir à côté de gens sans vraiment «grandir ensemble». On a le même âge mais il ne m'aurait jamais prêté son ballon. Sa mère faisait partie de celles qui se foutaient de la mienne parce que leur maison avait un étage de plus que la nôtre... Aujourd'hui il me sert du homard. Il sait que je ne le paye pas, ce homard. Il me méprise. Et peut-être qu'il m'envie aussi. Chaque fois que je viens ici, je suis accompagné d'un homme. Jamais le même. Il est sûrement la fierté de sa famille, avec son déguisement d'employé des beaux quartiers qu'il repasse tous les matins. Il n'a peut-être même pas les moyens de l'envoyer dans une de ces blanchisseries où des gamins repassent pour quelques piastres en appuyant le fer avec leur pied. Il est la fierté de sa famille et pourtant il me sert mon homard en s'excusant lorsque les cuisines mettent un peu plus de temps que d'habitude pour me le préparer. Il ne me regarde jamais quand il s'excuse, parce qu'il sait que ce n'est pas moi qui payerai. Alors à chaque fois, au moment du dessert, j'attends qu'il s'approche pour laisser tomber ma serviette et je fais semblant de ne pas la trouver. Il est bien obligé de se baisser pour me la ramasser et de me regarder pour me la rendre. À ce moment, il me méprise encore plus et il n'y a que lui et moi pour savoir ce qui se passe dans la tête de l'autre. Il rentre le soir avec mon regard planté dans le cerveau et il a encore plus de mal à le faire partir que les taches de beurre à l'ail sur sa chemise blanche. Tu lui laisseras un bon pourboire, Tarek. Un bon pourboire pour qu'il accepte d'oublier notre présence, toi et moi, ce soir. Et tu feras attention dorénavant. Parce que Le Caire est le plus grand des villages et que les bons pourboires ne suffisent pas toujours.

Il avait dit cela sans s'interrompre ni montrer d'émotion particulière. Ta jambe s'était décollée de la sienne à mesure qu'il parlait. Il avait prononcé ces mots avec une froideur mêlée de cynisme. Cela ne lui ressemblait pas, à tout le moins, pas à l'image que tu te faisais de lui. Ta joie s'était d'abord émoussée en découvrant qu'il connaissait le lieu, elle avait succombé au couperet des dernières phrases qui ressemblaient tout à la fois à un reproche et à un avertissement. Un avertissement dont tu ne mesurais pas vraiment la teneur. Mais ce qui te gênait plus que tout était qu'il te compare à ces autres hommes qui l'invitaient ici. Tu lui en voulais de te rabaisser à leur niveau. Il reprit comme s'il lisait dans tes pensées :

— Tu ne devrais pas les juger.

Vous étiez silencieux quand le serveur apporta vos assiettes. Alors qu'il commençait à présenter vos plats, tu le congédias d'un geste absent de la tête. Cela faisait quelques minutes que vous mangiez sans appétit, tu finis par poser à Ali la question qui te brûlait depuis longtemps :

— Ce n'est pas difficile, pour toi ?

— Qu'est-ce que tu veux dire ? Difficile de devoir vendre mon corps ? De coucher avec des hommes que je n'ai pas choisis ? avec des vieux, des malpropres ? D'obéir à leurs fantasmes ? Non, ça va, ce n'est pas difficile. Et toi, ce n'est pas difficile d'examiner des incontinents et de manipuler des plaies gorgées de pus ? Tu veux que je te dise ? Ce qui est difficile, c'est d'attendre toute une nuit et de rentrer sans avoir trouvé de client…

Il terminait son homard devenu tiède ; tu n'avais presque pas touché au tien. Tu étais pris dans tes pensées au point de ne pas remarquer qu'Ali avait fait signe au serveur d'apporter l'addition. Sa serviette venait de lui glisser des genoux. Tu laissas un bon pourboire.

Se sachant à l'origine de ton air soucieux, il te sourit au moment de quitter la péniche.

— Merci, Tarek, c'était un très bon choix de resto…

Il terminait à peine de prononcer sa phrase qu'un éclair lui traversa l'esprit. Un bus venait de s'arrêter à quelques mètres de vous…

— Tu ne dois pas souvent en prendre, pas vrai ? Allez, viens !

Il fonça vers le véhicule dont la porte s'était à peine refermée, posa son pied droit dans la fente de la poignée et y trouva appui pour propulser son corps vers le toit. Agenouillé sur le porte-bagages, il te fit signe de le rejoindre.

— Allez, monte !

— Mais tu es...

L'autobus s'était mis en mouvement et tu peinais à trouver prise avec ton pied. Ali te tirait à bout de bras en s'amusant de ton air ahuri. Tu vins te plaquer sur le toit à côté de lui, ventre à plat et mains soudées au métal du porte-bagages. Il riait comme jamais tu ne l'avais vu rire.

— Tu en fais une tête, docteur...

— On aurait pu se tuer!

— On aurait pu aussi ne jamais se rencontrer.

Le concert de klaxons couvrait vos paroles. Chaque cahot des rues mal bitumées venait s'imprimer sur tes côtes. Tes doigts serraient la poignée métallique comme s'il s'agissait d'une ligne de vie. Il posa sa main sur la tienne. Ton cœur continuait à se projeter contre les parois de ta poitrine. Tout te sembla soudain amplifié : le grondement ininterrompu de la ville, l'éclairage cru des lampadaires, l'odeur des gaz remontant des voitures... Pris dans la circulation nocturne, l'autobus ralentit. Ali prononça quelques mots que tu ne parvins pas à distinguer puis se dressa sur le toit de l'engin. Il dépliait progressivement ses genoux quand tu le vis soudain perdre l'équilibre. Tu crias son prénom. Il se rattrapa sans difficulté et prit l'air crâneur de l'enfant qui vient de faire une mauvaise blague :

— T'as eu peur, pas vrai?

— ...

— T'as eu peur pour moi?

Tu attendis que les derniers passagers descendent du bus pour sauter du toit. Ali t'avait précédé, se détachant de la paroi haute de la carrosserie par un mouvement souple des bras. De tes jambes tremblantes, tu manquas d'assommer le chauffeur qui quittait à son tour le véhicule. Ton air abasourdi le surprit davantage que la présence, somme toute courante, de passagers clandestins. Avant qu'il n'ait le temps de te lancer un regard réprobateur, tu lui glissas dans la main quelques billets puis t'éloignas en claudiquant. Tu n'avais pas la moindre idée de ce que pouvait coûter un ticket de bus.

Tu ignorais le quartier du Caire dans lequel vous vous trouviez. Lorsque tu arrivas à sa hauteur, Ali te passa tendrement la main dans le dos. Cette démonstration d'affection pouvait passer pour de la simple camaraderie. Ironiquement, elle vous aurait valu des regards réprobateurs si vous aviez été homme et femme. Son sourire s'était débarrassé de toute marque de moquerie ; tu lui offris le tien en retour. Il détacha sa main de ton épaule où elle s'était posée pour sortir de sa poche un paquet de cigarettes. Porta l'une d'elles à ses lèvres. Replongea sa main dans le même étui où se trouvait une petite boîte d'allumettes dissimulée dans les plis du papier argenté. Arrêta sa marche, en coinça une entre le pouce et l'index puis la fit craquer contre le frottoir de l'étui. Sa main protégeait du vent la flamme timide qu'il avait fait naître. Elle obéissait à Ali à mesure qu'il aspirait à travers une cigarette qui s'alluma en deux bouffées. Tu observais ses joues creusées par la manœuvre et les veines saillantes de sa main que la lumière orangée du feu venait colorer. Il en sortit une deuxième de son paquet sans prendre la peine de te la proposer et répéta l'exercice, cette fois en allumant la seconde cigarette avec le bout incandescent de la première, et finit par te la tendre d'un geste silencieux alors qu'une émanation blanche s'échappait de ses narines. Tu t'en saisis, bien que n'ayant jamais fumé. Le filtre conservait le souvenir encore humide de ses lèvres. Tu toussotas discrètement à la première inhalation.

On ne s'aventure pas dans une ruelle si mal éclairée sans savoir où l'on va. Tu réglas ton pas sur le sien, que la fraîcheur hivernale ne pressait aucunement. À peine sa main s'en servait-elle comme prétexte pour réchauffer ton dos d'un mouvement vif. Tu appréciais trop le trajet pour te soucier de la destination. Tu la compris imminente lorsqu'il s'arrêta pour tirer une dernière fois sur sa cigarette avant d'en écraser le mégot au sol.

Il poussa la porte d'un lieu que rien ne signalait et le bruit des conversations s'entrechoquant au métal des chaises contrasta brutalement avec le calme de l'extérieur. Un homme derrière le comptoir fit d'amples gestes pour mimer des salutations que le tapage intérieur rendrait inaudibles et s'approcha d'Ali qu'il gratifia d'une chaleureuse tape dans le dos. Il y avait plus d'effusions dans son accueil que l'alcool seul n'en aurait pu justifier.

— Alors, qui nous ramènes-tu cette fois?

— Un ami, répondit Ali dans un sourire laconique.

— *Effendi...!* lança l'homme en baissant théâtralement la tête après t'avoir dévisagé.

Chevelure ébouriffée et chemise incrustée de ce qu'un toit d'autobus cairote peut amasser, tu peinais à voir ce qui justifiait ces égards, mais tu reçus la salutation avec le sourire. La salle était un long couloir parsemé de tables disposées en quinconce. Ali s'éclipsa quelques instants, fendant de l'épaule un nuage de fumée qui t'empêchait de voir le fond de la pièce. Pour la première fois de la soirée, tu pensas furtivement à Mira, au repas qu'elle t'avait préparé en vain, au fait qu'il se faisait tard et à ce que tu n'avais pas la moindre idée du lieu où tu te trouvais ou du moyen de rejoindre ta voiture. Une tasse à café remplie d'un alcool que tu n'avais pas commandé te sortit de tes pensées ; une seconde fut déposée à son côté. Tu ne savais pas s'il fallait payer tout de suite, on te fit signe que rien ne pressait. Rien ne pressait. Ali revint, vaguement recoiffé. Il te demanda si tu aimais le lieu en agitant son index d'un geste circulaire. Tu aimais. Il sourit. Tu pris une première gorgée. En balayant la salle du regard, tu vis deux hommes s'embrasser à pleine bouche. Si l'idée d'un baiser dans l'espace public en Égypte était déjà difficilement concevable, il ne t'aurait jamais traversé l'esprit que deux hommes puissent s'y livrer ! Tu avais du mal à réconcilier cette vision avec l'image de tes lèvres rejoignant celles d'Ali pour la première fois dans ta voiture, quelques semaines plus tôt. Lisant dans tes pensées, il approcha son visage du tien. Sa bouche était humide du même alcool, ton cerveau engourdi par la même ivresse. Tu songeas furtivement au nombre de nuits au poste qu'une descente de police pourrait te coûter et puis tu ne pensas plus qu'à lui. Les tasses se succédèrent, tu n'en conservas pas le souvenir du décompte ni même la certitude de les avoir payées. Les battements de ton cœur se précipitaient, injectant chacun de tes membres d'une fièvre nouvelle ; une chaleur légèrement anesthésiante les engourdissait de la racine à l'extrémité. Tu attribuas cet état à l'alcool, mais c'était bien la vision des minutes qui suivraient qui te faisait cet effet. Tu déboutonnas sa chemise pour y introduire ta main.

À ce moment, plus rien ne comptait : ni la crainte d'être reconnu ni la dispute qui ne manquerait pas d'éclater lorsque tu finirais par rentrer. Soûl, sale, tard. Heureux. Trop pour t'apercevoir qu'il ne restait plus rien du repas préparé par Mira, dans le réfrigérateur pas plus que dans les poubelles. Trop pour remarquer la présence de cette bouteille d'eau de Javel qui ne quitterait plus vos toilettes.

18

Le bruit se répandit qu'un garçon de mauvaise vie t'assistait dans ta pratique médicale. Les gens aiment parler de «mauvaise vie»: cela revient à dire en creux que la leur est irréprochable. Il est toujours commode de laver son âme au vice des autres. Tu n'aurais pas su dire les chemins que cette rumeur avait empruntés, mais son origine était claire: elle portait la signature d'Omar. Lui qui avait reconnu Ali dans ton cabinet quelques semaines auparavant connaissait bien cette règle élémentaire: qui n'est pas le chasseur devient rapidement la proie. Il avait donc tiré le premier coup. Et si l'on venait à lui demander d'où il tenait son information, il ne manquerait pas d'invoquer quelque relation dans la police qui aurait reconnu ce jeune délinquant. Après tout, un homme de son rang bénéficiait bien des confidences de ceux qui font respecter l'ordre dans cette ville. Quant à l'idée qu'il ait pu user lui-même des services du prostitué qu'il dénonçait, elle semblait bien trop grotesque pour que quiconque la formule.

Dans un premier temps, cela n'affecta pas tes affaires. Tes patients habituels semblaient imperméables à ces ragots et il s'en trouvait même de nouveaux, venus soigner leur santé et parfois leur curiosité, de sorte que ton cabinet ne désemplissait pas. Cela ne durerait pas.

Certains amis avaient tenté de te prévenir que la présence d'Ali commençait à délier les langues, mais sans jamais en aborder frontalement la raison. Était-ce réellement la place d'un *zabbal*? N'avais-tu pas les moyens de recruter un aide titulaire d'une formation médicale? Tu argumentais rationnellement, balayant d'un revers de main les faux motifs qui t'étaient soumis sans jamais prêter le flanc à ce qui les sous-tendait. Pourtant, à travers Ali, c'était toi que l'on salissait. Un médecin à peine marié qui se fait seconder par un jeune prostitué, comment imaginer que cela ne cache pas une double vie? Ironiquement, sur ce point, la rumeur n'avait fait que précéder la réalité.

Aux premiers signes concrets du danger, tu opposas le même aveuglement. Tel patient retirait brusquement son bras au contact d'Ali, tel autre se renseignait sur ses heures de présence au moment de prendre rendez-vous. Jusqu'au jour où il en vint un pour lui lancer, bravache, «Ta mère doit être fière de toi, te voilà presque médecin!» tout en évitant de le regarder. Le sang d'Ali ne fit qu'un tour; tu le vis jeter bruyamment son matériel et retrousser les manches de sa blouse. Il avait le regard noir de celui qui se lance dans une bagarre de rue. Tu dus t'interposer entre eux pour éviter qu'un coup ne parte. Quand Ali t'annonça à la fin de la journée qu'il ne souhaitait plus travailler dans ton cabinet, tu explosas à ton tour. Comment voulait-il réussir s'il perdait son sang-froid devant le premier idiot? Allait-il gâcher son avenir à cause d'une remarque déplacée? Tu ne te rendais pas compte que c'était le tien qu'il cherchait à préserver.

19

Ainsi que le voulait l'usage, Fatheya réservait les questions ménagères à ta femme. Aussi, tu t'étonnas qu'elle choisisse un moment où Mira était absente de la maison pour aborder un sujet pareil :

— Les placards sont presque vides.

— Tu as besoin d'argent pour un marché ?

— Ce serait le troisième, cette semaine...

— Si les deux premiers n'ont pas suffi, fais-en un troisième.

— Le niveau baisse rapidement. Ils étaient remplis il y a deux jours et...

— Que veux-tu que je te dise ? Nous ne manquons pas d'argent, si c'est ce qui t'inquiète ! Tiens...

Tu commenças à sortir ton portefeuille de ta poche. Fatheya fit un mouvement pour te dire que ce n'était pas ce qu'elle attendait. Elle improvisa :

— Je ne voudrais pas qu'on m'accuse d'emporter de la nourriture.

— Mais personne ne t'accuse, voyons.

— Je m'inquiétais de...

— Tu es bien la seule à t'inquiéter !

Elle marqua une pause et répondit sèchement :

— C'est peut-être ça, le problème.

~

Depuis quelque temps, les annulations de dernière minute se multipliaient, de sorte que ta journée se termina plus tôt que prévu. Tu remontas à l'appartement et, te croyant seul, te servis un whisky. Alors que tu versais l'alcool dans ton verre, tu perçus un bruit venant de la salle de bains. Tu tendis l'oreille pour confirmer ton intuition : il s'agissait bien de vomissements.

— Mira, ça va ?

Le bruit s'arrêta. Tu appelas de nouveau son prénom. Elle finit par répondre :

— Oui, ça va. La crème a dû tourner mais ça va passer.

— Tu es sûre ? Tu veux que je vienne ?

— Je t'ai dit que ça allait. Merci de demander…

Tu n'insistas pas. Ses trois derniers mots sonnaient comme un reproche mâtiné d'ironie.

Elle resta enfermée de longs instants, prit une douche puis se résolut à sortir. En ouvrant la porte, un nuage de vapeur s'échappa, traînant avec lui des effluves mêlés de Javel et de shampooing. Elle répondit d'un hochement de tête absent lorsque tu lui demandas si elle se sentait mieux et se tut jusqu'au lendemain. Elle brisa le silence au moment où tu t'apprêtais à descendre travailler. Elle avait besoin de se reposer. Loin du Caire. Ce furent ses mots; ils reviendraient par la suite à intervalles réguliers. Mira-Métronome.

La première fois, elle partit deux semaines à la mer Rouge sans que tu cherches à la retenir ou à comprendre ce qu'elle entendait par «se reposer». Espérait-elle que tu lui proposerais de l'accompagner? La question t'avait frôlé l'esprit avant que tu renonces à y répondre. Puis elle se mit à varier les destinations, oubliait de te les préciser, t'annonçait simplement qu'elle était sur le point de repartir ou bien se contentait de te le faire comprendre: sa valise en évidence au milieu de la chambre signifiait qu'elle ne serait plus là au soir quand tu rentrerais. Nul reproche, nulle agressivité.

Ton esprit refusait de l'admettre, mais les raisons qui l'incitaient à partir allaient de soi. Les incidents répétés à ton cabinet avaient fini par se murmurer au sein de la communauté levantine et Mira ne pouvait en ignorer l'existence. Allait-elle pour autant jusqu'à soupçonner ta liaison avec Ali? Ce qui ne se dit pas n'existe pas et aucun de vous deux n'avait intérêt à ce que cette situation existe. Vous vous muriez dans un silence prudent qu'elle n'ébréchait que par de lointaines allusions. Tu n'aurais su dire si elles étaient réellement voulues ou simplement le fruit de ton imagination. Elle ne fréquentait plus le Sporting Club où s'étiraient autrefois ses après-midi, avait cessé de t'entraîner dans ces sorties mondaines auxquelles tu n'avais jamais goûté, ne recevait plus à la maison. Pris isolément, les indices sont insignifiants. Tu ne cherchas pas à les associer.

Tu la découvrais en retraite au Sinaï ou en villégiature à Marsa Matrouh au moyen de ses cartes postales et de ses coups de fil. Il pouvait se passer quelques jours sans nouvelles, mais elle veillait à ce que le lien se maintienne. Surtout, elle ne rentrait jamais sans te prévenir. Cette implicite précaution vous convenait à l'un comme à l'autre.

Contre toute attente, ses déplacements avaient pour effet de vous rapprocher. Si les départs étaient souvent précédés de tensions, les retours étaient immanquablement heureux. Elle attendait de se sentir bien pour revenir et finissait toujours par te manquer. Vous aviez pris l'habitude de célébrer chacune de ses réapparitions. C'était une sorte de rituel, vous jouiez les retrouvailles de deux amants au cours desquelles tu cherchais à la surprendre. La lueur des bougies pour un repas que tu lui avais préparé ou bien l'effervescence d'un Caire nocturne que vous redécouvriez tous les deux. Jamais tu n'étais pris au dépourvu, jamais elle ne prétextait la fatigue du voyage. La magie durait la nuit, parfois les jours suivants, puis le quotidien reprenait le dessus. Le début d'un nouveau cycle de quelques semaines à l'issue duquel elle finirait par s'évaporer. Il t'arrivait de repenser à ce jour de juin 1967 où elle avait disparu sans plus te donner de nouvelles alors que vous veniez de vous rencontrer. Se pouvait-il qu'une fois encore elle mette près de quinze ans à revenir? Ou qu'elle ne revienne tout simplement pas? Elle te disait avoir besoin de ces départs pour mieux se retrouver. Tu comprenais qu'elle avait surtout besoin de ces retours pour mieux vous retrouver.

~

Cela faisait deux jours qu'elle était repartie. Ali t'accompagnait à la clinique comme à son habitude. Tu attendis le départ du dernier patient pour l'inviter à rester dormir à la maison. Tu avais choisi tes mots et le moment qui te semblaient les plus à même de faire passer pour anodine cette proposition. Tu fus surpris par ta propre voix au moment de formuler la question, comme modulée d'une fréquence légèrement plus aiguë qu'à l'habitude. Il fit mine de ne rien remarquer. Il accepta. Cet accord tacite se reconduisait quotidiennement. Le jour, ses mains en prolongement des tiennes sur le corps des patients. La nuit, son corps en prolongement du tien sous tes mains impatientes. Là, au réveil. Au coucher, là encore. Tu ne lui demandais plus s'il souhaitait que tu le raccompagnes chez lui à l'issue de votre permanence du mercredi. Aucun de vous deux ne releva cet oubli.

Un soir que tu l'avais précédé dans tes appartements, tu vis Ali monter de la clinique, la mine préoccupée.

— Je viens de prendre un appel, un homme voulait te parler…

— Une urgence?

— Non, non. Quelqu'un qui voulait racheter le dispensaire du Moqattam.

— Racheter le dispensaire? Tu lui as dit qu'il n'était pas à vendre, j'espère?

— Il n'a pas laissé son nom, juste un numéro de téléphone.

— Sans doute un plaisantin. Ça arrive, pas la peine de faire cette tête.

Ton sourire ne semblait pas le rassurer. Il reprit:

— Il m'a dit de ne pas m'inquiéter, que je pourrais continuer à y travailler si je renonçais au péché… À vrai dire, je me méfiais depuis le début, quand il a sorti «que la paix soit sur toi»…

L'ombre qui voilait l'expression d'Ali s'étendit à ton visage. Tes compatriotes n'avaient pas l'habitude de s'exprimer ainsi au téléphone, cela ressemblait plutôt à une salutation saoudienne.

Il faut dire qu'ils étaient légion, ces Égyptiens revenus d'Arabie saoudite depuis la fin de l'ère Sadate. Attirés par des salaires plus élevés et la promesse d'un logement payé, ils avaient servi de main-d'œuvre bon marché dans cette région que le choc pétrolier avait transformée en eldorado. À présent qu'ils rentraient au pays, magnétoscope sous le bras et barbe plus longue qu'au départ, nombre d'entre eux cherchaient à importer sur leur terre natale le rigorisme religieux de la société qui les avait accueillis. Certains conservèrent les coutumes du salafisme wahhabite qui était la norme là-bas, d'autres se rangèrent plutôt à l'islamisme politique des Frères musulmans dont le réseau d'œuvres sociales ne cessait de prospérer sur les ruines du libéralisme économique. Devant l'effondrement d'un système hospitalier incapable de fournir matériel et médicaments en nombre suffisant, ils avaient mis sur pied un réseau de santé parallèle aux tarifs abordables. Sans doute cherchaient-ils à présent à convertir ton dispensaire en clinique islamique. Dans le quartier chrétien où il se situait, cela tenait davantage de la provocation que d'une action caritative. Ali était certainement arrivé à la même conclusion que toi.

«Si tu renonces au péché...», cette condition ressemblait à une menace. Que signifiait-elle? Comment l'avait-il prise? Tu contemplas Ali de longs instants. Il se tenait là et pourtant il semblait ailleurs. Il ne disait rien, l'air grave, le regard agité. Ton inquiétude disparut aussitôt; seule la sienne comptait. Tu n'aimais pas voir ses traits se durcir. Rien d'autre ne te préoccupait.

La prudence des premiers temps s'étiolait comme un alcool fort vient à bout de toute inhibition. Tu interdis à Fatheya de faire le ménage sur votre étage lorsque Mira était absente et ce fut sans doute là ta dernière précaution. Pour le reste, vous ne vous donniez plus la peine d'éviter la porte sur laquelle donnait la fenêtre de ta mère, de guetter le moment où s'éteignent les lumières, de mesurer la portée de vos voix ou l'épaisseur des rideaux qui dissimulaient vos étreintes. Nesrine avait pour habitude de passer te rendre visite à l'heure où tu classais tes dossiers. Vous fîtes mine de ne pas l'entendre quand elle frappa le premier soir, suspendant tout bruit jusqu'à ce qu'elle regagne ses appartements à l'étage supérieur et libérant des rires adolescents une fois le danger passé. Elle ne revint pas les jours suivants.

Mira t'avait laissé un numéro de téléphone. Tu l'appelais parfois, moins pour prendre de ses nouvelles que pour jauger l'imminence de son retour. Tu répondais à ses questions par des banalités parfaitement accessoires à l'existence que tu menais en son absence. Vous concluiez votre appel en affirmant que vous vous manquiez ; il s'agissait pour elle d'une question, pour toi d'un alibi.

Sans que tu t'en aperçoives, la tristesse t'avait remplacé à ses côtés. Une mélancolie qui ne lui ressemblait pas vraiment et ne la quitterait plus. Dans les premiers temps, elle se demandait s'il fallait désormais prévoir une place à cette nouvelle compagne ou si cette dernière finirait, à son tour, par se lasser d'elle. Les semaines passant, Mira comprit que ce sentiment diffus lui tiendrait dorénavant la main où qu'elle se trouve. Paume contre paume, il lui suffirait d'une pression inopinée pour se rappeler à son souvenir. Mirasthénie.

20

Les câbles qui sortaient de ta télévision jonchaient le sol en un réseau confus. Ali s'y prit les pieds en marchant vers le lit. Il se rattrapa de justesse et poussa un juron. Lui qui s'employait à afficher la même assurance détachée en toute circonstance t'apparut d'autant plus touchant, l'orgueil émoussé par un bête raccord électrique. Tu préféras devancer le reproche que tu sentais poindre :

— Il faudrait que je prenne le temps de désenchevêtrer tout ça.

— De quoi ?

— De démêler, si tu préfères.

— Ce n'est pas que je préfère, c'est que c'est plus simple. Tu n'es pas obligé de me montrer tout le temps que tu connais des mots compliqués…

Ce qui est excessif n'appelle pas de réponse ; tu passas ta main dans ses cheveux et tentas une diversion.

— C'est joli, *enchevêtrer*. Tiens, toi qui aimes les choses compliquées, tu savais qu'on pouvait enchevêtrer des photons ?

Il leva les yeux au ciel, comme s'il était besoin de signaler que les connaissances d'un gamin du Moqattam n'intègrent pas les notions de physique quantique. Tu ne remarquas rien et poursuivis :

— Ce sont de toutes petites particules… Il semblerait que, lorsque deux d'entre elles ont interagi à un moment de leur existence, elles se retrouvent à jamais liées. C'est-à-dire que, quand tu manipules la première, la seconde se retrouve immédiatement modifiée à l'identique. C'est comme si l'une savait exactement ce que vivait l'autre, au moment où elle le vivait, sans qu'elle ait reçu le moindre signal de sa part, même si elles se trouvent à des milliers de kilomètres de distance ! Tu te rends compte ? Elles deviennent liées à jamais. Intriquées. Même sans pouvoir communiquer. Si ça se trouve, on est peut-être comme deux photons intriqués, toi et moi.

— Mais qu'est-ce que tu racontes ?

— Eh bien, peut-être que, si un jour on devait être séparés, on continuerait à ressentir la même chose en même temps.

Sait-on vraiment de quoi naissent les orages ? Ali explosa d'une violence qui lui tendit les muscles.

— Arrête avec tes conneries, Tarek, qu'est-ce que tu racontes ? Ce n'est pas parce qu'on baise ensemble que tu peux sortir des trucs pareils. Quoi ? Pourquoi tu me regardes comme ça ? Je ne devrais pas dire « baise », c'est ça ? Je devrais dire quoi ? Qu'on « fait l'amour » ? Ça non plus, ça ne veut rien dire ! Moi, mes clients me payent pour me baiser. Ou pour que je les baise. Pas pour faire l'amour. Si je devais attendre qu'ils me disent qu'on a « fait l'amour » avant qu'ils me filent leur fric, je peux te dire que j'en verrais pas la couleur !

Une respiration irrégulière lui soulevait la poitrine. Tu en suivais des yeux le mouvement, guettant l'accalmie tout en évitant que vos regards ne se croisent. Tu tentas :

— Est-ce que tu m'aimes ?

— Je ne sais pas. Ça n'a pas de sens. Je veux dire… je pourrais répondre oui, et y croire pour de vrai. Et toi tu répondrais peut-être pareil. Mais ça ne voudrait pas dire forcément la même chose, même si on utilise le même mot. Quoi ? Parce qu'on a transpiré tous les deux dans ce lit, on serait comme tes particules ? Eh ben non ! Le jour où on sera séparés, je ne vois pas pourquoi on ressentirait les mêmes choses. Toi tu continueras à être un grand médecin qui n'a pas de problèmes de fric et moi, à me débrouiller comme je peux.

— Quel rapport avec l'argent ?

— Tout a rapport avec l'argent, Tarek, tout ! Dès que quelqu'un parle, il parle d'argent. Il faut vraiment que tu n'en aies jamais manqué pour ne pas comprendre ça ! Le monde n'est pas comme tu voudrais. Tu crois quoi ? Qu'il suffit de me faire enfiler une blouse d'hôpital pour que je sois un infirmier ? Qu'il n'y aura plus de ragots parce que tu dis à tes potes que j'ai du talent ? Que ta femme ne se rend compte de rien ? Ouvre les yeux, merde !

Le rictus qui avait accompagné sa dernière phrase acheva de dissiper toute trace de sa jeunesse. Il sortit de la chambre, ramassa ses affaires. Tu tentas de le retenir en bafouillant quelques mots. Sa mâchoire contractée ne laissa s'échapper aucune réponse.

Cela faisait longtemps que tu n'avais pas dîné avec ta sœur et ta mère. Lors des premiers déplacements de Mira, tu avais pris l'habitude de monter à leur étage en fin de journée pour partager leur repas. L'ambiance du deuxième te divertissait. Vous échangiez des banalités et mangiez le plat que Fatheya venait de préparer en écoutant des cassettes de musique venues de France.

— Qu'est-ce que tu nous joues ce soir? Encore un chanteur français d'Égypte?

— Bonne idée, je vais nous mettre Demis Roussos, ça fait longtemps.

— Il est Égyptien, lui aussi?

— Oui, Grec d'Alexandrie, comme Moustaki.

— De toute façon, tous les chanteurs français sont Égyptiens.

— C'est vrai, Richard Anthony, Guy Béart, Claude François…

— Dalida!

— La France est noble, *ya habibi*. Elle sait reconnaître le talent, d'où qu'il vienne.

Entre deux plats, ta mère tentait de te soutirer des informations sur les maux de tes patients qui étaient, en grande partie, des connaissances de longue date. Sous couvert de secret professionnel, tu t'amusais à la laisser patauger dans son insatiable curiosité. Elle finissait par se rabattre, faute de mieux, sur le récit de sa plus récente partie de cartes.

Votre dernier repas ensemble avait cependant été houleux. Tu n'avais pas su répondre à Nesrine qui te demandait où se trouvait Mira. La question était sans arrière-pensée, mais ta mère en avait profité pour se répandre en sermons moralisateurs. Que dire d'un couple dont le mari laisse sa femme voyager seule et ne sait même dire où elle se rend? Tu lui avais conseillé de se mêler de ses affaires et étais redescendu dans tes appartements sans terminer ton assiette. Lorsqu'Ali avait commencé à s'installer clandestinement chez toi, cette brouille s'était révélée une aubaine : tu n'avais plus besoin de justifier ton absence au repas du soir. À présent qu'il était parti, tu décidas de faire preuve de bonne volonté en te rendant par surprise chez elles muni d'un bouquet de roses. Au moment de franchir la porte, tu découvris ta mère attablée avec Omar dans le salon. Il prit congé d'elle en t'apercevant et sortit sans t'adresser un regard.

— Qu'est-ce qu'il faisait ici, celui-là?

— C'est à moi de rendre des comptes sur mes fréquentations?

Elle te toisait avec raideur. Décontenancé, tu lui tendis les fleurs comme s'il s'était agi du motif de ta venue et repartis aussitôt.

21

Au commencement, Dieu créa les cieux et la terre. On peut en déduire qu'avant le commencement il n'y avait rien. Rien que Dieu. Presque rien, donc. Pour tromper son divin ennui, qui remontait à bien avant le commencement, Dieu créa l'homme à son image. L'idée lui vint, semble-t-il, au terme de quelques jours de fulgurance créatrice. Démiurge partageur, il lui intima de contrôler poissons, oiseaux, bétail et à peu près tout le reste, ce qui ne laissait place à aucune inquiétude particulière dans la mesure où l'on pouvait s'attendre à ce que l'homme (à l'image de Dieu, donc) fût bon gestionnaire. Dieu venait de remplacer le rien qui l'entourait par quelque chose et n'avait pas mis une semaine à trouver le moyen d'en déléguer l'administration. Cédant à un bref accès d'autosatisfaction, Dieu conclut que cela était bon. De son côté, l'humain prenait un goût évident à ce mandat et, de crainte, peut-être, qu'on ne le remît en question, s'attacha à le rendre incontestable. C'est ainsi que l'homme, à son tour, créa Dieu. À son image.

Si, dans cette cosmogonie de missel, la tâche première de chaque être humain est de contrôler ce qui l'entoure, force est d'admettre que certains s'en acquittent admirablement. Par la constitution d'un empire financier, à l'instar d'Omar et de son commerce florissant de coton, ou bien encore par l'habileté et le statut social dont savait si bien jouer ta mère. Chacun poursuivait un but qui lui était propre : l'argent, le pouvoir, l'influence, le sexe... Et toi, que cherchais-tu à atteindre? Le savais-tu seulement? Pourquoi cela te semblait-il si simple à identifier chez tes semblables alors que tu n'aurais pas su le déterminer pour toi-même?

Tu n'avais pas revu Ali depuis votre dispute. Pour la première fois, il ne s'était présenté à la clinique pas plus qu'au dispensaire. Tu n'avais pas souhaité te rendre chez lui. Par orgueil, sans doute. Par peur, également. Peur qu'il ne veuille pas t'ouvrir sa porte. Peur de ne pas l'y trouver. Peur de sentir monter en toi la jalousie à l'idée qu'il puisse être chez l'un de ses clients. Ton organisation s'en était trouvée bouleversée, tout comme ton esprit. Tu n'aurais pas su nommer cette dépendance.

Mira s'apprêtait à rentrer. Comme à son habitude, elle t'avait appelé la veille pour te prévenir, mais cela te prit au dépourvu. Lui évaporé, elle réapparaissant, ce manège te donnait le tournis. Tu demandas à Fatheya de vous chercher un repas chez le traiteur pour célébrer le retour de ta femme et de tout ranger minutieusement. Elle s'y appliqua et, au moment de partir, mit en évidence sur la table quelques effets qui ne t'appartenaient pas. Dans son départ précipité, Ali avait oublié ses affaires chez toi. C'était la première fois que cela se produisait. Tu sentis monter une soudaine angoisse de ce qui aurait pu se produire si Mira était tombée dessus. Tu jetas à la hâte les objets compromettants dans un sac en plastique que tu descendis à la clinique du rez-de-chaussée.

Bien qu'elle t'ait dit de ne pas l'attendre, tu avais tenu à accueillir ta femme. Elle arriva tard dans la soirée. Lorsque tu l'aperçus sur le seuil, tu accourus pour la prendre dans tes bras. À la fois surprise et séduite, elle te rendit ton baiser. Tandis qu'elle rangeait ses vêtements, une odeur de feuilles de vigne farcies montait de la cuisine. Ce semblant de normalité te réconfortait. Tu te sentais comme ce patient auquel tu annoncerais que la tumeur découverte plus tôt était finalement bénigne.

～

Lorsqu'il revint travailler, cela faisait une semaine que tu n'avais pas vu Ali. À son instar, tu fis comme si de rien n'était. Tu n'exigeas aucune explication, il ne chercha pas à t'en offrir. En regagnant le soir tes appartements, tu étais préoccupé. Tu fixais les murs comme on tient en joue un maître chanteur. Le moindre meuble te semblait sur le point de te trahir. Quatre jours plus tard, Mira t'annonça un nouveau voyage ; peut-être avait-elle ressenti ton trouble. Mira-Télépathe.

Une distance d'une tout autre nature s'installait avec Ali. Il revint vivre chez toi le soir du départ de ta femme, mais quelque chose en lui semblait changé. Une lassitude dans son regard, un sourire éteint, des observations lancées à la volée. Il commentait ton train de vie, te surprenait à jeter les restes d'un repas encore consommable, et te faisait remarquer que tu n'avais sans doute jamais connu la faim. Ce n'était pas vraiment un reproche : un simple rappel de ce qui vous séparait, une différence originelle. Comme l'eau et l'huile. On peut les secouer avec énergie et avoir l'impression qu'elles se mélangent, mais elles finissent par regagner leur place, l'une dominant irrémédiablement l'autre. Il disait cela en versant de l'huile d'olive sur son plat de fèves. Il prenait un air faussement détaché, un rien provocateur, mais tu savais qu'il pesait chacun des mots qu'il prononçait. D'un sourire, tu tentais de tourner à la dérision ce qu'il venait de dire comme un mouvement de tête tente de chasser une pensée absurde. Tu mesures aujourd'hui à quel point il avait raison. Ali relevait des détails insignifiants, mais ce n'était qu'un raccourci pour évoquer tout le reste. Vos presque quinze années d'écart, l'éducation, le métier, la famille, le statut, la religion... Vous n'aviez finalement de semblable que d'être des hommes dans l'Égypte d'un vingtième siècle en extinction. Ce rare point commun vous condamnerait pourtant plus qu'aucune autre différence.

Tu étais à mille lieues de ces considérations lorsque tu entrouvris les yeux cette nuit-là. Tu te savais éveillé mais tâchais de maintenir tes membres dans leur lourdeur somnolente pour ne pas compromettre un retour au sommeil. La conscience engourdie, tu jetas un coup d'œil machinal vers la gauche du lit. Tu t'attendais à voir la silhouette de Mira, délicatement abandonnée au rêve qu'elle ne manquerait pas de te raconter. Au lieu de cela, le corps d'Ali. Il dormait paisiblement. Tu avais oublié. Oublié qu'il dormait là, comme la veille, l'avant-veille et celle encore qui les avait précédées, dans ce lit où vous tentiez, avec Mira, d'avoir un enfant. Il se trouvait à la place exacte où elle s'endormait habituellement. La passerelle précaire qui t'aurait ramené à l'endormissement venait de se rompre. Tu regardais, interdit, cet autre corps que tes draps ne recouvraient presque plus à force de mouvements nocturnes. Il était couché sur le ventre, la tête tournée vers toi. Les lueurs précoces d'une matinée d'été se promenaient le long de son épine dorsale. Leur lumière horizontale projetait des ombres disproportionnées sur chacune de ses vertèbres. Elles finissaient par se confondre, lorsqu'une respiration lui soulevait le dos, puis reprenaient leur place à mesure que l'air s'enfuyait par ses narines. Son corps s'abandonnait aussi paisiblement que si cette place était la sienne et rien ne semblait s'étonner de cette criante imposture.

Chaque homme porte en lui les germes de sa propre destruction. Tu pensas à Nesrine, dormant à l'étage au-dessus. À ta mère, invisible sentinelle de ce même immeuble. À cette fenêtre par laquelle le jour naissant jetait ses rayons sur le corps apaisé d'Ali. À ses effets, dispersés par endroits. À son odeur, présente partout. Tu sentis une tension t'étreindre sans pouvoir dire si l'accélération de ton cœur en était l'origine ou la conséquence. Des battements à tout rompre. Un vacarme intérieur. Se pouvait-il qu'il ne l'entende pas ? Tu posas ta main moite sur son épaule. Il se réveilla dans un léger frisson. Déchiffra de ses yeux mi-clos l'heure qui s'affichait sur l'horloge de Mira.

— Qu'est-ce qui te... Ça va ? T'en fais une de ces têtes !

— Il faut que tu partes...

Il se leva. S'habilla. Rassembla ses affaires en silence. Une fois terminé, il lança un coup d'œil en ta direction. Longtemps après, tu chercheras ce qu'il fallait y lire. Pour l'heure, tu étais incapable de prononcer un mot de plus.

22

La rumeur. Celle qui se propage, invisible comme le vent dans les palmiers. Celle qui souille ce qu'elle ne comprend pas. Les vitres de ton cabinet avaient été brisées de l'extérieur. *Celle qui condamne ce qui lui est inconnu.* Tu crus d'abord à un vol avec effraction, mais aucun objet de valeur n'avait été dérobé. On avait éventré tes meubles, renversé tes armoires, éparpillé tes dossiers. *Celle qui exclut ce qui lui est étranger.* La volonté de détruire ne faisait aucun doute. Combien étaient-ils pour faire cela? Cinq? Vingt? Et qui? *Celle qui se déforme, de l'oreille à la bouche.* Il y avait une odeur d'essence, comme si l'on avait projeté de tout incendier. Pourquoi s'être arrêté avant? Par manque de temps? Pour que l'effet n'en soit que plus spectaculaire? Parce que l'on aurait préféré que tu t'y trouves? *Celle qui tord la bouche qui la relaie d'une indignation feinte, d'un sourire entendu.* Tu pensas aussitôt à Mira. Où était-elle à cet instant précis? Et ta mère? Et Nesrine? S'en seraient-ils pris à des femmes? *Celle qui se vautre dans ses certitudes.* Et Ali? *Celle qui dissimule sa laideur sous les masques de la bienséance, de la tradition, de la morale, des principes.* Un frisson de rage te parcourut à cet instant. Un sentiment d'une intensité que rien dans ta vie jamais n'égalerait. *La rumeur qui salit, qui éclabousse.* Où diable était Ali? *Celle qui abhorre l'altérité.* Tu sortis de ton cabinet en hurlant. *Celle qui désigne, qui asphyxie, qui lapide, qui immole.* Soudain tu vis la dépouille de ton chat Tarbouche clouée sur un mur. Le sang dégoulinait le long de sa patte désarticulée. Il dessinait d'irrégulières lignes pourpres qui terminaient leur course dans les vomissures de la bête suppliciée. *Celle qui se glorifie de l'ignorance.* Tarbouche… Combien de temps avait-il agonisé dans cette macabre mise en scène? *Celle qui se bouffit de haine.* Il y avait cette inscription sur le mur: «Il t'attend en enfer.» *La rumeur qui assassine.*

Des mouches tournoyaient déjà autour de son cadavre dans leur ivresse affairée. Tu essayas de décrocher son corps encore tiède. Tu le détachais avec une inutile précaution, comme s'il subsistait des souffrances que tu aurais pu lui éviter. Sans doute tes doigts s'écorchèrent-ils au moment d'arracher les clous; tu ne distinguais pas ton propre sang de celui de l'animal. Toi dont les mains ne savaient que soigner les vivants, tu aurais pu, à cet instant précis, égorger cent hommes s'ils s'étaient mis sur ton passage. Tous étaient coupables.

Il fallait faire vite. Tu voulais t'assurer que tes proches étaient en sécurité. Tu recouvris d'une serviette la charogne de ton chat, montas les marches quatre à quatre pour te rendre à l'étage, crias le nom de ta sœur. Elle semblait sortir d'un sommeil que le bruit du saccage n'avait visiblement pas suffi à interrompre. Elle eut un mouvement de recul en te voyant arriver la chemise en sang et l'œil dilaté. Tu hurlais. Tu voulais lui demander si tout allait bien, mais les syllabes que tu rugissais étaient à peine intelligibles. Tu vis dans ses yeux la peur que tu avais fait naître; tu repris ton souffle. Tu essayas d'articuler le plus distinctement possible:

— Où est maman?

— Tarek, que se passe-t-il? Tu es blessé?

Tu répétas ta question, tentant de masquer toute forme d'impatience.

— Elle est dans sa chambre, Tarek, où veux-tu qu'elle soit? Mon Dieu, qu'est-ce que tu t'es fait?

Elle se mit à déboutonner ta chemise pour comprendre d'où venait le sang. Elle ne trouva aucune plaie. Tu ne sus rien lui expliquer. Tu étais posé sur la chaise où elle t'avait fait asseoir, épuisé, impuissant.

— Tarek, tu vas m'expliquer ce qu'il se passe?

— Mira, je veux parler à Mira…

Mira était à Alexandrie. Nesrine l'avait eue la veille au téléphone; elle était peut-être partie se baigner à Montaza à l'heure qu'il était. Voulais-tu qu'on envoie quelqu'un sur la plage lui porter un message? Non, ce n'était pas nécessaire. Tu ne répondis plus à aucune question. La seule qui t'importait désormais était de savoir où se trouvait Ali.

23

On sonna, elle ouvrit. On lui parla, elle répondit. Ce fut bref. Elle referma la porte, regarda par le judas son interlocuteur s'éloigner, de dos. Lorsqu'il fut à bonne distance, elle fit à son tour quelques pas dans l'entrée. Elle se croisa du regard, machinalement, dans le petit miroir qui était accroché au mur de l'entrée. Une ombre s'abîmait dans l'affaissement de ses joues. Elle ne se recoiffa pas.

Il s'agissait de ta journée d'intervention à l'hôpital américain, ta mère savait qu'il lui restait encore quelque temps avant que tu ne rentres. C'était suffisant pour trouver la meilleure manière de t'annoncer la nouvelle. Pour l'heure, elle sentait une douleur commencer à lui enserrer la tête. Elle prit la direction de la cuisine, ouvrit son réfrigérateur et en sortit un bac rempli d'eau où croupissaient trois sangsues. Cela faisait bien deux mois qu'elles attendaient cette migraine.

～

— Où est le corps, je veux voir le corps, je veux voir ce qu'ils lui ont fait!

— Enfin, tu vas te calmer? Je te dis qu'il s'est noyé.

— Je veux voir le corps!

— Ils l'ont enterré...

Comment pouvait-il s'être noyé? À vingt ans, les muscles et l'esprit gonflés de vie... Tu contractas ta mâchoire comme pour te retenir de hurler davantage.

— Qu'on le déterre! Depuis quand se précipite-t-on pour enterrer le premier orphelin du Moqattam qui se noie? Qui a donné l'ordre?

— Moi. C'est moi qui ai demandé qu'on le mette en fosse commune quand on m'a informée de la nouvelle. C'était notre employé, il n'avait aucune famille. Mais, sur la Sainte Communion! que voulais-tu que...

— Tu peux la bouffer, ta Sainte Communion! De quel droit as-tu ordonné l'enterrement de ce corps sans que...

Jamais auparavant tu ne t'étais adressé à ta mère de la sorte. Toi ou qui que ce soit d'autre, du reste. Elle te répondit sur un ton glacial en prenant soin de détacher chaque syllabe:

— Sans que tu le revoies une dernière fois?

— Sans que je puisse l'expertiser, bon sang!

— Tarek, je vais commencer à croire que c'est vrai, tout ce qu'on raconte. Conduis-toi en homme, pour une fois! On ne déterre pas les morts et on ne...

— On ne quoi?

— On ne fait pas ce genre de choses quand on est un homme!

— Ne me dis plus jamais de me conduire en homme, tu m'entends?

— J'aurais dû te le dire plus souvent.

Elle avait hurlé les derniers mots à travers la porte que tu venais de claquer.

Voir son corps pour comprendre. Tu repensas soudain à cette phrase inscrite près de la dépouille de Tarbouche : «Il t'attend en enfer.» Et si ces mots désignaient Ali et non pas ton chat? Avait-il été battu à mort avant d'être jeté dans le Nil? Il y aurait forcément des contusions, tu prouverais l'absence d'eau dans ses poumons. L'avait-on jeté au fleuve, lesté et entravé, pour qu'il se noie? Tu verrais bien les traces de liens autour de ses poignets. Voir son corps, pour y trouver une poussière de vie qui aurait échappé à tous. Une braise presque éteinte sur laquelle il suffirait de souffler pour que le feu reprenne. Le voir pour comprendre. Son corps, une dernière fois.

~

Tu pris la direction du bureau local de santé publique à proximité de ton domicile dans l'espoir que la mort d'Ali y aurait été déclarée. Tu connaissais la procédure pour avoir déjà eu à t'en acquitter en tant que médecin. Après plus d'une heure d'attente, on te demanda une pièce d'identité d'Ali que tu ne détenais pas. Il était près de dix-sept heures et l'agent qui te faisait face ne semblait pas disposé à faire exception si près de l'heure de fermeture. Ton impatience grandissante semblait anesthésier chez lui toute forme de motivation. Tu élevas le ton. Comprenant qu'il ne se débarrasserait pas aussi facilement de toi, il consentit mollement à se lancer dans une recherche, ouvrant machinalement la première page de chaque pochette en carton issue de ce qui s'apparentait à la pile des dossiers du jour. Sans résultat.

— Comment ça, «rien»? Qu'est-ce que ça veut dire?

— Ça veut dire qu'il a été déclaré dans un autre bureau. Ou bien que les données ne sont pas encore à jour : il faut compter jusqu'à vingt-quatre heures pour actualiser la fiche. Ou bien que son nom n'a pas été entré correctement. Ou bien qu'il fait partie des vingt-sept morts non identifiés du jour. Ou bien...

— Et je fais comment pour savoir où il est, là?

— Vous pouvez toujours tenter de voir au Mogamma, mais bon, sans pièce d'identité...

Ses derniers mots soulignaient tout à la fois que la faveur qu'il venait de t'accorder attendait sa récompense et que tes chances d'obtenir ton information étaient quasiment nulles. Diriger un Égyptien vers le Mogamma, c'était l'envoyer au diable. Chercher une information dans ce bâtiment stalinien où s'entassaient des dizaines de milliers de fonctionnaires dont aucun n'avait jamais la réponse à la question qu'on lui posait était la manière la plus sûre d'embourber durablement la plus simple des demandes administratives. Tu avais dû t'y rendre la semaine précédente pour refaire certains papiers disparus dans la mise à sac de ta clinique et ne t'attendais pas à les obtenir avant de longs mois. Tu sortis sans laisser de pourboire à ton interlocuteur, ce qui te valut certainement quantité de jurons auxquels tu ne prêtas pas attention. Tu pensas un instant demander à ta mère si elle connaissait la fosse dans laquelle il avait été jeté, mais tu te doutais qu'elle ne te répondrait pas, quand bien même le saurait-elle. Tu venais de perdre la course contre le temps dans laquelle tu t'étais lancé. À l'heure qu'il était, son corps devait reposer auprès de ceux d'une dizaine d'autres anonymes. Désormais, chaque minute ne ferait que le décomposer davantage, dans la terre comme dans ton esprit. Tu tentas d'imprimer mentalement son visage dont tu ne possédais aucune photographie. Une image qu'il fallait coûte que coûte préserver. Tu étais encore avec lui quelques jours plus tôt, et pourtant, c'était comme si tu ne parvenais pas à reconstituer avec certitude la finesse de ses traits. Sa voix, te souviendrais-tu de sa voix? Si tu en doutais au bout de quelques heures, combien faudrait-il de temps pour que tu oublies à jamais la fossette qui se creusait quand tu le faisais rire, l'odeur de ses cheveux, la promesse faite à sa mère de veiller sur lui?

Les relents des rues du Caire te collaient à la narine, étourdissaient ta tête, investissaient ta gorge. Tu fis quelques pas pour t'extraire de la circulation et t'engouffras dans une venelle que tu ne connaissais pas. Dos plaqué contre la façade d'un immeuble, ton corps se relâcha sans que tu l'aies commandé. Alors, alors seulement, tu posas sur tes yeux ta main droite dont les doigts, bientôt, ruisselèrent.

24

Les semaines se succédaient, chacune se voulant la réplique, à peine plus morne et désœuvrée, de celle qui l'avait précédée. Tout avait été nettoyé, réparé, remis en place. Les murs repeints. Les fournitures rachetées. Aiguilles hypodermiques, seringues, fils de suture, gazes, ampoules, compresses... De quoi de nouveau recoudre, soigner, panser, guérir. Les dégâts consécutifs au saccage de ta clinique, un mois et demi plus tôt, s'étaient finalement avérés assez superficiels. Il n'en restait plus qu'un carreau brisé à ta fenêtre que l'on te promettait depuis plusieurs semaines de remplacer. Demain, *inch'Allah*. Dans les premiers temps, tu appelais régulièrement pour qu'on t'envoie quelqu'un, puis avais fini par abandonner. Après tout, cette vitre cassée n'empêchait pas la lumière de pénétrer, elle demeurait simplement un rappel de ce qui s'était produit. Un témoin de la fureur des hommes. Le temps aidant, elle ne te faisait plus aucun effet, à l'instar des poils de Tarbouche que tu retrouvais encore parfois sous les meubles avant de t'en débarrasser d'un mouvement machinal des doigts au-dessus de la poubelle.

Tu offrais moins de consultations à ton cabinet de Dokki où plus personne ne te secondait. Il pouvait même t'arriver de passer des demi-journées assis à ta clinique sans qu'un patient en franchisse la porte. Tu aurais pu fermer quelques heures et monter retrouver Mira à l'étage, mais tu ne le faisais pas. Ta présence au rez-de-chaussée avait même plutôt tendance à s'allonger. Tu ne rentrais qu'à l'heure où il faisait suffisamment noir dehors pour qu'on ne remarque plus le carreau brisé.

Pour le reste, ton activité se répartissait entre tes interventions hebdomadaires de neurochirurgie à l'hôpital américain du Caire et tes permanences au Moqattam. Les unes par nécessité, les autres par habitude. Il t'était arrivé d'en manquer ; la première fois, les habitants avaient mis près de deux heures avant de rentrer chez eux, tout à la fois résignés et inquiets de cette absence anormale. Tu l'avais déduit le lendemain en reconnaissant des enfants de chiffonniers de passage devant ton domicile. Ils étaient trop loin de leur terrain de jeu habituel pour qu'il s'agît d'un simple hasard. Sans doute avaient-ils été envoyés par leurs parents pour s'assurer qu'il ne t'était rien arrivé. Tu ne souris même pas du paradoxe de patients inquiets de la santé de leur médecin. Tu appris, dans les jours suivants, qu'une clinique islamique se bâtissait à quelques dizaines de mètres de ton dispensaire. À la vérité, tout te semblait vain.

Le dialogue était rompu avec ta mère depuis votre dispute et Nesrine ne cherchait plus à jouer les intermédiaires entre vous. Curieusement, tu trouvais un certain apaisement au silence qui s'installait. Un fossé d'une tout autre nature s'était creusé avec Mira. Elle avait cessé de partir, percevant que la magie fugace du retour n'opérerait plus. Placards à nourriture et bouteilles d'eau de Javel continuaient à se vider à une vitesse vertigineuse que tu prenais soin de ne pas remarquer. Un renoncement de ta part, lâche et coupable, qui ne pouvait tenir sur la durée. Chaque jour te rapprochait de cette discussion que tu te gardais d'engager; Mira eut le courage qui te manquait.

Dans ces moments-là, ce qui est dit n'a pas beaucoup d'intérêt. C'est le reste qui compte. Elle tenta, avec délicatesse, de fissurer ton silence. Cela te surprit: pas de scène, aucun emportement. Elle semblait peser chacun des mots qu'elle prononçait, te décrivant au mieux ce qu'elle ressentait tout en se gardant de t'en faire porter l'entière responsabilité. Par instants, l'émotion venait l'étrangler. De la pulpe de ses doigts, elle étalait ses larmes sur sa joue, inspirait profondément puis reprenait. Sa blessure était sincère; tu en devinais l'intensité, tu en savais la cause. Étrangement, ce n'est pas tant cette douleur qui te toucha que sa volonté de t'épargner. Elle ne cherchait pas de coupable, juste une issue. Elle t'aimait encore.

Qu'avais-tu à lui offrir en retour? Ni vraie excuse ni explication. Des monosyllabes, des «Je ne sais pas», des «Qu'est-ce que tu veux que je te dise?». Cela faisait longtemps que tu avais démissionné. Elle voulait savoir où vous en étiez, comme s'il s'agissait de coordonnées géographiques qu'il aurait suffi de déterminer. Savais-tu toi-même où tu en étais? Existe-t-il des réponses à ces questions-là? Tu observais sa peine sans chercher à l'y rejoindre; vos souffrances étaient devenues si distantes que jamais plus elles ne se confondraient. Elle ne prononça pas le prénom d'Ali, peut-être espérait-elle que le sujet viendrait de toi. Il ne vint tout simplement pas.

Les hommes sont des nomades à l'arrêt. Ils peuvent parfaitement traverser leur existence tout en se cachant cette réalité. Ils se persuadent alors que le temps ne compte pas, que l'espace se fractionne en poussières et que ces poussières s'acquièrent par des titres de propriété. Orphelins de l'immensité, ils meurent sans avoir vécu. Mais pour peu que cette vérité leur apparaisse soudain, qu'elle choisisse de jeter sa lumière crue sur leur quotidien, tout compromis à leur liberté devient alors insupportable.

Le regard baissé de celui qui bat en retraite, tu finis par évoquer Montréal pour la première fois. Tu t'étais renseigné sur les formalités d'immigration au Canada. Tu partirais d'ici la fin du mois.

Cela lui apparut clairement : les semaines qu'elle avait passées à tenter de te comprendre, tu les avais consacrées à organiser ta propre fuite. À mesure que tu lui décrivais ton projet, le visage de Mira se crispait. Son incrédulité se muait progressivement en un masque de haine froide. Tu avais maintes fois cherché à te figurer sa réaction au moment d'évoquer ton départ, mais son intensité te saisit. Une pensée nouvelle naquit alors, une sorte d'augure qui te sortit de l'engourdissement dans lequel tu te réfugiais depuis plus d'un mois : la crainte qu'elle ne retourne cette violence contre elle-même. Mira-Antigone. Cette pensée te terrifia. Elle renvoyait de toi-même une image d'une cruelle évidence : celle d'un homme, artisan de son propre malheur, conduisant à leur perte chacun de ceux qu'il avait aimés.

Tu improvisas alors cette phrase turpide, ces mots sans honneur, cette question à la réponse parfaitement prévisible mais qui n'était destinée qu'à conjurer la vision qui venait de naître en toi :

— Tu veux venir ?

Le mépris lui déforma la bouche. Elle te dévisagea et tu sentis en elle le tumulte étouffé des volcans d'Arménie.

— Venir pour quoi? Pour suivre qui? Un inconnu?

~

La vie est ainsi faite : d'un même geste, on peut faire preuve de courage envers soi-même et, tout à la fois, d'une immense lâcheté envers les siens. Tu pris le large la veille d'un Noël qu'elles renoncèrent à célébrer. On ne demanda pas à Fatheya de cuisiner la traditionnelle *shushbarak* du jour de l'An, ces ravioles au bœuf dont vous vous resserviez jusqu'à ce que quelqu'un tombe sur la pièce de monnaie du roi Farouk que ta mère avait dissimulée dans l'une d'elles. Dans les prochains mois se tiendraient des élections législatives que le Président jurait libres et sincères. Que t'importaient les promesses du pays que tu quittais?

Tu partis comme on part pour longtemps, en laissant derrière soi une langue qui cessera de vivre ou un surnom que plus personne ne prononcera. Tu ne cherchas pas à accorder une importance démesurée à ce qui se doit de rester une accumulation de détails. Une porte que l'on claque sans savoir si on la poussera de nouveau, un plat dont on ignore si on le retrouvera là-bas, une liste incomplète (forcément incomplète) de personnes que l'on n'a pas prévenues du départ... Tu commenças à rassembler quelques photos, dans l'espoir qu'un jour tu parviendrais à les regarder avec plus de bonheur que de honte. Une de toi, entouré de tes parents, à l'époque où la vie ne dit rien de l'adversité qu'elle recèle. Une autre de ta sœur, le visage hésitant entre l'adolescence et l'âge adulte. Une encore de toi, devant ce dispensaire qui faisait ta fierté. Tu restas pensif devant celle de Mira arborant son sourire et sa robe de mariée. Tu n'en avais aucune de Fatheya – pourquoi se photographierait-on avec la bonne? –, aucune d'Ali, évidemment. Tu finis par les reclasser toutes dans l'album de famille d'où tu les avais extraites et rangeas celui-ci sur l'étagère qu'il n'aurait pas dû quitter.

Tu saluas ta mère qui répondit d'un mouvement de tête qui pouvait signifier mille choses («mon fils, quand te reverrai-je?», ou bien «vois où ton entêtement t'a conduit!», ou encore «t'es-tu seulement posé la question de ce que nous allions devenir sans toi?», ou finalement rien de tout cela ou, pourquoi pas, l'ensemble de ces possibilités). Tu pris Nesrine dans tes bras, sans rien dire, comme si les mots ne devaient pas s'attacher à répondre aux larmes. On t'avait dit que Mira était partie quelques jours chez ses parents et tu ne cherchas pas à savoir si c'était vrai. Tu ne terminas jamais la lettre que tu avais commencé à lui écrire; à quoi bon chercher à expliquer ce qu'on ne comprend pas soi-même? En brisant vos vœux comme s'ils n'avaient appartenu qu'à toi, tu l'abandonnais à ses insolubles regrets. Elle se demanderait longtemps ce qu'elle aurait dû être pour que tu ne cesses pas de l'aimer.

Au moment de te retourner pour fermer la porte, tu aperçus une silhouette te lancer: «Et moi? Tu ne me dis pas au revoir?» La honte injecta de sang tes joues creusées par les dernières semaines. Tu fis un mouvement en sa direction mais Fatheya te repoussa d'un geste vif. Sa voix s'étranglait dans des inflexions que tu ne lui connaissais pas.

— Tu allais vraiment partir comme un voleur? Qui parmi nous t'a appris à piétiner comme ça ceux qui t'aiment, hein? Qui?

— Pardon, Faty, je suis épuisé…

Elle se radoucit, s'approcha de toi et étreignit ton corps vidé de toute résistance. Elle te parlait comme à l'enfant que tu aurais aimé ne jamais avoir cessé d'être.

— Tarek, je ne suis pas sûre que tu en sois vraiment capable, mais prends soin de toi, d'accord?

— Toi aussi... et prends soin d'elles.

Elle te serra énergiquement de ses bras habitués aux tâches ingrates, jusqu'à sentir l'émotion la gagner. Elle eut alors ce mouvement de mains impatient qu'elle réservait habituellement aux mouches qui vibrionnaient autour de ses marmites. Il fallait partir.

∼

La maison, le taxi, l'aéroport, l'avion, l'aéroport, le taxi... La neige couvrait les rues de cette ville inconnue d'une pellicule gris sale qui te serait bientôt familière. À compter de ce jour, tu devins étranger partout.

25

Montréal, 1988

— Tu n'aurais pas dû venir.

— Pourquoi, ça ne te fait pas plaisir?

— Si, évidemment... Je voulais dire, tu n'aurais pas dû t'inquiéter.

— Parce qu'il faut s'inquiéter pour rendre visite à son frère?

— Non, non, bien sûr...

Nesrine se tut. Ses silences étaient une toile tendue sur laquelle le passé projetait ses images. Cela faisait quatre ans que tu ne l'avais pas revue. Il t'avait fallu un instant de réflexion pour en faire le calcul. Le temps s'était peu à peu distendu depuis ton arrivée. Au début, tu avais dû suivre rigoureusement les mois de présence sur ce territoire inconnu dont les différents paliers administratifs te demandaient des comptes dans le cadre des procédures d'immigration. Puis, à mesure que tu obtenais tes papiers, cette obsession des mois acquis s'évanouissait. Tes collègues québécois évoquaient de mémoire les cinq ou six derniers hivers en se souvenant des caractéristiques de chacun (celui où il avait fallu attendre Noël pour que la neige tienne au sol, cet autre où les pluies verglaçantes défiaient les épandeurs de sel, et ce dernier où, à dire d'expert, il était tombé des peaux de lapin jusqu'en avril). Tu avais, pour ta part, perdu le compte. Aucune ville ne se transforme autant d'une saison à l'autre que Montréal. Même à cela, tu étais insensible.

Il t'avait fallu reprendre ta carrière du début, à ton arrivée. Tes diplômes égyptiens n'étant pas reconnus, tu ne pouvais t'établir comme médecin. Tu avais donc envisagé de devenir infirmier. Bien que surqualifié pour cette fonction, tu avais reçu une fin de non-recevoir de la part du syndicat au titre que tu ne détenais pas de diplôme d'infirmier. Faute de mieux, tu t'étais rabattu sur un poste d'aide-infirmier, ces derniers n'étant régis par aucun ordre professionnel. Tu avais occupé cet emploi durant six mois, le temps d'obtenir ton équivalence. N'ayant pas pu faire reconnaître ton internat au Caire, tu l'avais repris également sur place. Tes bonnes notes t'avaient permis de l'effectuer en chirurgie, qui était du reste ta spécialité. Un an plus tard, tu étais entré en résidence à l'hôpital universitaire. Tu racontais cela à Nesrine qui t'avait simplement demandé si tu aimais ton travail. Voyant que tu la perdais au milieu de détails qui n'évoquaient rien pour elle, tu interrompis le récit de ton parcours par un «oui, les gens sont gentils». Un vague hochement de tête fit frémir les boucles de ses cheveux noirs.

Tu te souvenais d'un homme, sur le Moqattam, qui était atteint de pneumopathie et pour qui chaque respiration était devenue un défi. Jadis, parler à Nesrine t'était aussi naturel que respirer, mais, tout comme le souffle de cet homme diminué, il te semblait que tu devais désormais soupeser chaque parole. Le Moqattam était aussi loin de toi que ta sœur semblait l'être à cet instant précis. Elle s'enfouit sous un plaid sans couleur qui était posé sur le canapé.

De lourdes minutes se traînèrent; tu brisas le silence:
— On joue?

Nesrine eut un mouvement soudain qui contrastait avec l'engourdissement de son corps.

— À quoi tu veux jouer?

— Tu sais bien, fis-tu d'une voix douce. Allez, c'est toi qui devines.

Elle eut une expiration qui fit trembler ses narines.

— C'est une femme?

— Non.

— Un personnage fictif?

— Non.

— … de la famille?

— Non plus.

Elle leva les yeux au ciel comme pour masquer le fait qu'elle commençait à se prendre au jeu.

— Un homme politique?

— Non.

— Chanteur, acteur…?

— Non.

— Égyptien?

Tu opinas de la tête.

— Ah, quand même! Il passe à la télé?

— Non.

— Un ami de la famille ?

— Non.

— Hé ! Il n'est pas connu et ne fait partie ni de la famille ni de nos amis, comment veux-tu…

Elle s'interrompit avant de reprendre d'une voix désenchantée :

— Mort ?

Tu opinas et ses yeux perdirent de leur lumière.

— Tarek, pourquoi ramènes-tu ce sujet… ?

— Je ne peux répondre que par oui ou par non tant que tu n'as pas dit son nom.

— Très bien, se durcit-elle soudain. Cette personne a-t-elle détruit notre famille ?

— Nesrine…

— Ah oui, pardon, c'est toi qui l'as détruite. Lui, il aurait mieux fait de rester dans ses ordures.

— Arrête…

— Tu ne réponds que par oui ou par non, Tarek. C'est toi qui as voulu jouer.

Elle semblait surprise par le son de sa propre voix, comme on s'effraie de son ombre dans une ruelle mal éclairée. Elle se rasséréna.

— Regrettes-tu de l'avoir rencontré ?

— Je ne sais pas…

— Oui ou non, Tarek ?

— Non…

— Tu sais le mal que tu nous as fait ?

— Et moi? Tu crois vraiment que je n'ai pas eu mal? Que je n'ai pas voulu mourir?

Elle sembla hésiter avant de poser sa dernière question.

— Tu l'aimais?

Ta voix était nouée. Tu savais que la moindre syllabe supplémentaire aurait raison des digues qui contenaient encore ton émotion.

— Est-ce que tu l'aimais?

∼

L'abcès crevé, la cicatrisation pouvait commencer. Elle évoqua son mariage auquel tu ne t'étais pas rendu, son fils que tu découvrais à travers ses photos. Tu savais que ton absence l'avait blessée. Tu tentais de rattraper une partie du temps passé en l'interrogeant sur sa vie. Tu faisais mine de t'attendrir de ses récits de jeune mère, d'avoir hâte de rencontrer celui qui partageait sa vie. Ce n'est pas tant que ses histoires t'importaient, mais tu étais heureux de retrouver ta sœur, d'entendre cette voix familière déchagriner ton quotidien. Ce que vous vous disiez était finalement secondaire.

Il arrivait que des reproches se faufilent dans ses récits. Tu faisais mine de ne pas les remarquer. Tu imaginais la solitude de ta mère dans cette maison que les départs avaient rendue trop grande. Ta fuite avait été un affront dont elle ne se remettait pas. Sans que cela fasse naître de culpabilité, tu comprenais que ton absence hantait encore les murs de la villa de Dokki. Tu finis par te demander si le mariage de Nesrine n'avait pas été pour elle une échappatoire, un peu comme ton exil au Québec. Elle s'était mariée à trente-cinq ans, ce qui était tard pour l'Égypte des années quatre-vingt. Tu n'aurais pas su dire quel poids l'amour, la peur, l'usure et la raison avaient eu dans son choix. Tu te demandas furtivement si elle n'avait pas fondé une famille pour que votre mère puisse encore se raccrocher à l'avenir qu'elle s'était imaginé. À mesure que son récit se poursuivait, tu prenais conscience qu'elle avait souffert de l'attention que te réservaient vos parents, de l'ambition qu'ils avaient presque exclusivement reportée sur toi. Toutes ces années, tu n'avais jamais soupçonné que ta sœur te jalousait ce qui n'avait été pour toi qu'un fardeau.

Tu soulevas délicatement le voile sur ton quotidien. Ne sachant par où commencer, tu lui racontas le déluge qui s'était abattu sur la ville l'année précédente. Les égouts débordés, les véhicules pris dans les eaux, l'autoroute Décarie transformée en une gigantesque piscine… Ta sœur ne connaissait la neige qu'à travers les montagnes libanaises où vous aviez voyagé avec vos parents, aussi tu cherchas à lui décrire l'hiver québécois. Tu racontas cette province qui se rêvait en pays. Pour la faire rire, tu tentas même d'imiter cet accent si différent de celui avec lequel vous aviez grandi. Elle avait fini par sourire.

Nesrine s'étonnait que tu n'aies pas repris contact avec les familles levantines d'Égypte qui, par centaines, avaient choisi d'immigrer à Montréal. Avais-tu des amis, ici? Tu acquiesças évasivement. Quelqu'un dans ta vie? Elle n'osa pas poser la question. Tu finis par aborder cette association qui venait d'être créée pour accompagner les personnes touchées par la maladie de Huntington et pour laquelle tu étais bénévole. Elle ne savait pas exactement pourquoi tu avais choisi cette cause, mais sentit que cela te tenait à cœur. Toi qui avais parlé de tout, voilà que tu parlais enfin de toi. Ce fut bref mais cela la toucha.

~

Tu avais pour habitude de courir le dimanche matin. Elle ne t'avait pas entendu entrer et tu n'avais pas voulu l'interrompre dans sa conversation. C'est au moment de raccrocher qu'elle découvrit ta présence. Tu répondis à son sursaut par un sourire. Ne sachant pas si tu étais là depuis longtemps, elle prit les devants.

— C'était maman.

— Elle va bien?

— Oui, elle t'embrasse.

Tu faillis sortir une phrase comme «Tiens, elle a retrouvé mon numéro de téléphone?» mais tu te retins. Tu étais autant coupable que ta mère de ce silence et ce n'est pas Nesrine qui vous départagerait. Les derniers jours avaient apaisé vos échanges, tu tenais à préserver cette trêve. Tu partis te doucher.

L'heure qui suivit fut de peu de mots, puis elle finit par t'annoncer qu'elle écourtait son séjour.

— Tu ne devais pas partir dans une semaine?

— Non, c'est aujourd'hui.

— J'ai fait quelque chose de…

— Mais non, ne dis pas de bêtises.

— Ça me fait plaisir de te voir, tu sais?

— Moi aussi, Tarek… Moi aussi.

Tu avais appris à faire semblant de ne pas remarquer qu'elle était sur le point de pleurer. Tu la pris dans tes bras, certainement par réflexe. Ses doigts s'enfoncèrent dans le creux de ton dos comme pour s'agripper à cet instant. Tu te revis furtivement, sur la plage de Montaza, jouant avec elle à qui retiendrait le plus longtemps l'eau de la mer dans ses paumes. Tes mains étaient plus grandes, mais tu écartais parfois les doigts pour la laisser gagner. Votre jeu ne durait que quelques secondes.

— À quelle heure est ton vol? On a peut-être le temps de se prendre un brunch ensemble, je connais un endroit pas mal. Ça ne vaut pas le *foul* de Fatheya, mais leurs omelettes sont excellentes...

— C'est gentil mais mon taxi ne devrait pas tarder.

— Il n'y a rien qui te ferait changer d'avis?

Elle ne répondit pas. Les dernières traces de sourire avaient disparu de ton visage. Elle te rendait à ton silence et tu contemplais l'étendue du fossé qui demeurait entre vous. Ce n'étaient ni les néons criards d'un *diner* nord-américain ni l'évocation des fèves aux épices mal dosées de ton enfance qui suffiraient à le combler. Ton passé vous unissait autant qu'il vous séparait.

Ta main droite libéra la sienne de la poignée de sa valise. Tu la raccompagnas dans le calme jusqu'à l'entrée de ton immeuble. Une fois la porte ouverte, le bruit de la ville rendit un peu de vie à vos derniers instants. Adossée contre le mur, elle regardait distraitement le trafic.

— Je me souviens de quoi?

Tu ne compris pas. Elle précisa:

— Sur les plaques des voitures.

— Ah oui, c'est la devise du Québec. J'ai demandé un jour à un collègue ce que ça voulait dire, il a juste haussé les épaules. Je crois que personne ici ne se souvient de ce dont il est censé se souvenir ; c'est peut-être mieux, finalement.

— Peut-être...

Le taxi venait tout juste d'arriver. Elle t'embrassa tandis que le chauffeur plaçait son bagage dans le coffre. Elle avait attendu cette irrécusable échéance pour dire :

— Tu ne m'as pas demandé comment allait Mira...

— Il lui est arrivé quelque chose ?

Tu te sentis stupide. Tu n'aurais pas su dire si tu avais cherché à éviter le sujet ou si, au contraire, tu espérais que Nesrine t'en parlerait. Mira. Ce prénom disait mieux qu'aucun autre la mauvaise conscience que tu enfouissais depuis des années. Il savait tes amours, tes lâchetés, tes regrets, ton égoïsme. Les mots que tu n'avais pas prononcés avant de partir, les gestes qui auraient pu l'apaiser. *Il lui est arrivé quelque chose ?* Tu savais bien ce qu'il lui était arrivé par ta faute. Nesrine s'était installée à l'arrière du véhicule. Absorbé dans tes pensées, tu ne remarquas pas l'au revoir qu'elle t'adressait de la main. Tu étais désormais certain qu'elle repartait sans avoir su te dire la raison de sa venue.

26

Le Caire, 1999

　Le cumin, la poussière (déjà), la coriandre, la benzine, les ânes, leurs déjections, le sable, la poussière (encore), la sueur, la cardamome, les gaz de combustion, les oignons frits, les ordures brûlées, les fèves chaudes, le jasmin, la poussière (obstinément), l'asphalte redevenu visqueux sous le règne sans partage du soleil. Le Caire était une entêtante présence olfactive qu'une infinité d'éléments composaient. On ne se rend compte de ces choses-là qu'au moment de les retrouver. Avant, elles ne sont pas ; leur abstraction est semblable à celle des battements du cœur. Elles sont vitales mais invisibles. Elles n'existent qu'à partir du moment où l'on a vécu sans. Elles reviennent alors avec une violente évidence, aussi envahissantes que leur présence était jadis anodine. À ce moment précis, elles étaient pour toi Le Caire.

　Tu avais été pris d'un vertige, au moment de descendre l'escalier mobile qui conduisait au tarmac de l'aéroport international du Caire. Il avait suffi de quelques pas hors de l'avion pour que tu sentes tes jambes se dérober. Tu t'étais raccroché à la rampe tandis que le passager devant toi rattrapait de justesse ta valise. Le *khamsin* teintait d'ocre le ciel de la capitale. Il donnait au paysage un air de carte postale jaunie. Les instants que tu t'apprêtais à vivre avaient déjà l'apparence de souvenirs défraîchis. Indifférent à tes pensées, le vent avait continué à charrier son sable brûlant entre deux déserts. Tu n'avais pas cherché d'autre explication à ton œil soudain humide et à ta respiration oppressée.

Le même prénom et le même nom, mais personne autour de toi pour les prononcer sans les écorcher. C'est aussi cela, l'exil. Le même prénom et le même nom, c'est à peu près tout ce que tu avais en commun avec l'homme que tu étais. Cela faisait quinze ans que tu n'avais pas foulé le sol empoussiéré de ton pays. Quinze années passées à oublier méthodiquement la pulpe blanche des melons d'Ismaïlia, le stationnement du Palace où défilaient les images des films américains projetés sur l'écran lointain, les cassettes de Fairouz et de Piaf que ta mère faisait jouer pendant les repas, les calèches longeant la corniche d'Alexandrie, le goût des premiers oursins de l'année sur la plage d'Agami…

Tu avais cinquante ans et quelque chose au fond de toi savait que c'était la dernière fois que tu y retournerais.

Ta mère était morte trois jours plus tôt. La voix brisée de Nesrine au téléphone t'avait touché, davantage peut-être que la nouvelle elle-même. À la vérité, cela faisait bien longtemps que tu te sentais orphelin. Tu avais décliné l'invitation de ta sœur à dormir chez elle. Déçue, elle tenta de te convaincre : elle te présenterait son fils, il serait si heureux de rencontrer son oncle. Tu te revoyais, à son âge, contraint de répondre aux questions désespérément semblables d'adultes que l'on te présentait comme oncles et tantes de ces familles orientales aux contours extensibles à l'infini. Réciter, sous l'œil vigilant de tes parents, que tu ne manquais ni d'amis ni de bonnes notes en mathématiques et que tu voulais être médecin («comme ton père», s'empressait-on de compléter si cela ne te venait pas spontanément). Qui peut croire qu'un enfant de douze ans se réjouirait de faire la conversation avec un adulte qui lui est parfaitement inconnu? Tu ne relevas pas; elle n'insista pas.

Ainsi que tu le lui avais fait promettre, personne n'était venu te chercher à l'aéroport. Tu demandas en anglais à un taxi de te conduire à la villa de ton enfance où ne vivait plus aucun membre de ta famille. Te prenant pour un étranger, il fit preuve d'une remarquable créativité dans la multiplication de détours inutiles pour rejoindre le quartier où tu avais passé l'essentiel de ta vie. Qu'importe, tu étais, ce soir-là, un touriste que personne n'attendait. Il tenta à plusieurs reprises une conversation rapiécée d'anglais et d'arabe à laquelle tu n'offrais que des mouvements de tête polis pour toute réplique, faisant mine de ne pas comprendre quand il s'adressait à toi dans cette langue qui n'était plus la tienne. En passant devant le salon de thé Groppi de la place Soliman Pacha, il se risqua à une nouvelle tentative:

— *Hena Groppi, very good place, look!*

De son index replié, il frappait frénétiquement la vitre de sa portière et tu feignis de découvrir la devanture haussmannienne de la pâtisserie. Comment aurait-il pu se douter du nombre de crèmes glacées que vous y aviez mangées, enfants, Nesrine et toi? La «Joséphine Baker», la «Trois petits cochons», la «Boule-de-neige»... Nesrine prenait toujours la «Boule-de-neige». Le marbre du carrelage, l'escalier qui menait à l'étage des réceptions, le bruit des couverts en argent qui s'entrechoquent... Tu t'abandonnais à tes pensées quand il comprit qu'il n'obtiendrait de toi aucune parole. Il alluma son autoradio d'un clic sec et résigné. Une voix se mit à psalmodier des versets que tu n'écoutas pas.

Les obsèques se tiendraient le lendemain. Tu y rencontrerais certainement le mari de Nesrine. Que savait-il des raisons de ton départ? Quels mots Nesrine avait-elle employés pour l'évoquer? Peut-être était-il au courant avant même qu'elle ne lui en parle. Ton nom revenait-il dans les repas du dimanche, au moment de se resservir la *molokheya* de Fatheya? Et ces amis de la famille? Ceux avec lesquels tu avais grandi, ceux que ton père soignait, ceux-là que toi-même, après lui, avais soignés. Tout Le Caire serait présent, autant dire toute l'Égypte. Ce n'est pas sans raison que les Égyptiens ne prononcent jamais le nom de leur capitale; ils préfèrent l'appeler «l'Égypte», conférant à leur ville-pays tout ce que ce raccourci revêt d'impersonnel et de gigantesque à la fois. Que penseraient-ils à ta vue? Que traduiraient leurs regards en découvrant ta présence? Y serais-tu réellement aussi indifférent que tu avais voulu t'en convaincre au moment d'acheter ton billet d'avion?

27

Ce qui avait été la clinique de ton père, bien avant de devenir la tienne, était désormais un magasin de vêtements. Tu regardais cette devanture où s'alignaient robes et costumes lointainement inspirés des modes occidentales. Voilà qu'on y vendait de quoi recouvrir grossièrement ces corps que tu apprenais jadis à soigner. Tu fixas quelques instants la vitrine où s'entassaient des mannequins inexpressifs puis t'en détournas.

L'escalier central lui devenait pénible à gravir. Ta mère avait donc fini par se ranger à l'idée de déménager dans l'un de ces immeubles des années trente avec ascenseur. Tenant en horreur toute idée de déclassement, elle avait refusé de se départir de la villa familiale de Dokki. Elle l'avait convertie en appartements destinés à la location. En plus de l'espace commercial du rez-de-chaussée, cela faisait quatre logements au total : deux par niveau. Seul l'un d'entre eux, au deuxième, demeurait vacant. Incapable de se résoudre à abandonner totalement les lieux, ta mère l'avait conservé pour recevoir de la visite. C'est du moins ce qu'elle prétendait car, dans les faits, personne avant toi n'y avait encore dormi.

Nesrine ne t'avait pas dit qu'elle aurait aimé rouvrir avec toi la porte de ces ultimes mètres carrés sur lesquels ta mère ne régnerait plus. Tu n'avais pas eu l'occasion de lui répondre que tu préférais t'y retrouver seul. Vous ne vous étiez rien dit de ce qui importait vraiment. Elle s'était contentée de remettre la clé au portier.

Tu déverrouillas la porte d'entrée, le geste hésitant et le manteau d'un touriste qui prend le mois de mars au Caire pour plus frais qu'il ne l'est. J'aurais aimé pouvoir interpréter l'expression de ton visage avec certitude. Pouvoir doser avec justesse ce qu'il y avait de fatigue, de nostalgie, de tristesse, d'empressement, de renoncement ou d'indifférence dans chacun de tes gestes. Sans m'en laisser le temps, tu te transformas en ombre suivant maladroitement celle du portier avant de disparaître dans la bâtisse aux murs noircis par le temps.

Cela faisait quatre ans qu'elle avait quitté la villa et, pourtant, tu aurais juré que l'odeur de ta mère imprégnait encore cet appartement. Elle n'avait jamais voulu changer de parfum. Cela faisait des années que Caron ne produisait plus son *Infini,* mais elle était parvenue jusqu'à son dernier jour à s'en procurer, Dieu seul sait comment. Rien ne venait à bout de ses volontés; *Infini* lui seyait à la perfection. Tu ouvris en grand la persienne et l'air de l'extérieur s'engouffra comme une armée ennemie dans la première brèche d'un empire déclinant.

L'appartement paraissait plus grand que celui que tu occupais désormais à Montréal et tu eus peine à croire qu'il s'agissait en fait d'une moitié de l'étage que se partageaient à l'époque ta sœur et ta mère, au-dessus de celui où Mira et toi viviez. Tu t'assis sur le canapé qui faisait dos à la fenêtre. Depuis l'extérieur, il était objectivement impossible de distinguer ta main caressant l'assise, comme à la recherche d'un reste de chaleur humaine que la mort aurait oublié d'emporter, et pourtant, je suis certain de l'avoir vue. Les yeux clos, je te devinais évoluant dans ces pièces, tentant de rappeler à toi le souvenir des lieux tels que tu les avais connus. Ici, un couloir rétréci pour y aménager une salle de bains ; là, une chambre occupant la moitié de l'emplacement antérieur de celle des maîtres.

Je n'avais jamais été aussi proche de ce que j'imaginais ; à la vérité, j'étais presque là. Tu poussas la porte ; la pièce était rangée. Qui donc avait refait le lit pour la dernière fois ? Fatheya, sans doute. Ton regard renonçait à s'accrocher au moindre bibelot, lassé de chercher ce qui avait changé en quinze ans. Un frisson de culpabilité prit naissance dans ton cou avant de se répandre furtivement le long de ta colonne vertébrale. Petit, tu n'avais pas le droit d'entrer dans la chambre de tes parents en leur absence. Tu fis quelques pas vers une cuisine qui n'existait pas à l'époque. Tout était rangé soigneusement, à l'exception de lettres entassées sur la table.

Ton nom était tracé d'une même écriture sur chacune des enveloppes. Le coin supérieur gauche abritait les coordonnées de l'émetteur. Et son nom. Ali.

Tu t'assis lentement, comme si la pièce était remplie de matières dangereuses qu'un faux mouvement aurait pu renverser. La montre de gousset de ton père était placée sur le tas d'enveloppes pour empêcher qu'elles ne s'envolent. Tout à côté, un bol rempli d'*Oum Ali*. La personne qui les avait posées là savait ce qu'elle faisait. En les posant là, *je* savais ce que *je* faisais. Mon cœur était un oiseau dont la captivité apparaissait soudainement intolérable ; il se projetait violemment contre les parois de sa cage thoracique. Je sais qu'il en était de même pour le tien et qu'à cet instant précis tous deux battaient au même rythme, frénétique et irrégulier. Chacun pour des raisons qui lui appartenaient.

Les lettres étaient empilées dans leur ordre chronologique, la plus ancienne au sommet de la pile. Elle ne comportait pas d'adresse de destination. Une date avait été ajoutée à la main. Une autre main. Mars 1991. Sept ans après la mort d'Ali. Sept ans après ton départ pour Montréal. La plus récente avait été envoyée par la poste. Le cachet indiquait «octobre 1995».

Tu te sentis soudain épié, habité par le pressentiment que l'auteur de cette mise en scène pouvait être encore présent dans l'appartement. Les pieds de ta chaise firent gémir les lattes du plancher. Tu fonças à la recherche d'un possible intrus qui t'observerait depuis ton arrivée. En pénétrant dans la chambre de ta mère, l'enfant dont le bruit des pas ne devait pas jadis trahir sa présence avait fait place au fauve à la recherche d'une proie dissimulée. Ta main ouvrait violemment les placards, gonflant d'air les tissus pris par surprise, faisant grincer les cintres sur leur tringle. Métal contre métal. Tout te semblait suspect. Tu agitas bruyamment une clé dans la serrure d'un grand coffre vide. Métal contre métal. Les poignées des portes cédaient à tes assauts. Métal. Tu finis par te convaincre que tu étais seul dans cet appartement. Seul avec ces lettres. Ce n'était pas l'endroit pour les lire. Tu les mis dans une enveloppe qui contenait des choses sans importance, car plus rien n'en avait. Des relents d'*Infini* régnaient dans l'air, obstinés et entêtants. Métalliques.

Tu refermas la porte de l'appartement avec méfiance. Tes gestes étaient nerveux, tu te sentais vulnérable, le dos offert au couloir. Une voisine ouvrit sa porte au premier étage. Tu sursautas. Je guettais ta sortie du bâtiment.

Voici comment les choses allaient se passer : je ferais semblant d'être là par hasard. Je me rapprocherais de toi, je te demanderais mon chemin. Fallait-il une adresse dont tu te souviennes ? J'en étais arrivé à la conclusion que oui ; ainsi tu t'arrêterais pour te la représenter mentalement et commencer à me l'indiquer. Mais il ne fallait pas qu'elle te semble suspecte. Non, surtout pas. Une adresse insignifiante. Voilà, c'est ça, une adresse insignifiante que tu saurais situer. Je te déroberais cet instant de réflexion. Je te volerais un regard, quelques mots, l'odeur de ton haleine. Ils me seraient d'une valeur égale à celle que pouvaient revêtir pour toi les lettres dont je venais de me défaire. Ce serait un échange équitable. Aurais-tu un doute au moment où tu me verrais ? Une sorte de pressentiment ? Un instinct ? Je trouverais alors, au fond de ton regard incrédule, le courage de te proposer un verre dans un endroit calme et nous parlerions. Je te raconterais tout. Tout ce que je savais. Tout ce que je m'étais figuré. Je te dirais ton absence. Je te dirais mon attente. Tu m'expliquerais pourquoi. Ce serait une autre naissance et tu y assisterais. Je viendrais au monde pour de bon. Il ne faudrait surtout pas que je pleure avant de t'avoir tout dit. Pas avant de t'avoir dit « papa ». Pas avant que tu m'aies dit « mon fils ».

∼

Je te vis dans l'embrasure de la porte. Tu sortis. Je m'approchai de toi pour te demander mon chemin. Les mots se bousculèrent dans mon esprit. Tous voulaient t'atteindre mais aucun ne sortit. Tu me repoussas violemment. Tu courais presque. Tu ne te retournas pas. Tu disparus. Conscient que je venais de manquer ma première occasion de te parler, je laissais s'affaisser ce corps qui n'avait pas su émettre la moindre phrase lorsqu'il en était encore temps. J'aurais voulu me dissoudre dans ma propre impuissance.

Moi

28

Le Caire, 1996

Toutes les lettres avaient été ouvertes. Les plus anciennes par ta mère, ma grand-mère, Mémie; les plus récentes par moi qui les ai découvertes empilées dans le même tiroir. Je les ai lues au point de pouvoir les réciter. Je ne les comprenais pas toujours, mais elles parlaient de toi : c'était suffisant pour que je m'en souvienne.

Nous avions suivi Mémie au moment du déménagement. Nous avions finalement trouvé le logement qui répondait à ses besoins : à la fois disposé sur un unique étage et accessible par ascenseur. Ma mère et moi résidions dans la partie latérale droite, qui comportait une chambre d'amis où tante Nesrine passait parfois la nuit; Mémie se trouvait à l'opposé. Les deux ailes se rejoignaient autour des pièces centrales : salon, cuisine, boudoir, salle à manger, salle d'eau. Les meubles que nous avions conservés de Dokki semblaient démesurés pour cet appartement de taille pourtant respectable. Il fallait avoir connu la villa pour comprendre la présence dans la salle à manger de ce lustre massif dont les proportions s'accordaient mal à la faible hauteur de plafond. Nos plats choquaient régulièrement contre les pampilles en cristal dans un tintement qui exaspérait ma grand-mère.

J'aimais profiter de son absence pour traîner dans ses appartements. Je m'adossais au mur extérieur de sa chambre, un livre à la main, jusqu'à ce qu'elle m'y découvre. Rien ne justifiait ma présence. Rien ne l'interdisait non plus. Cela me suffisait. Je n'avais pas douze ans quand j'ai fouillé pour la première fois dans son tiroir. Il était habituellement fermé mais, ce jour-là, la clé se trouvait dans la serrure. Elle n'était pas coutumière de ce genre de négligence. C'est là que j'ai découvert les lettres. Je ne me souviens plus de la date exacte où cela s'est produit, mais elle devait coïncider à peu de chose près avec celle indiquée sur la plus récente d'entre elles. J'ai conservé la clé du tiroir. Je craignais que Mémie s'en rende compte, mais elle ne m'en a jamais parlé. À dire vrai, je n'éprouvais pas de culpabilité particulière. J'avais bien conscience qu'il ne fallait pas que je sois vu, que le fait d'être découvert là, lisant ces lettres, ne pourrait que jouer contre moi, mais je ne me sentais pas fautif pour autant. Cela embarrasserait davantage la personne qui me découvrirait. Après tout, ces lettres m'appartenaient un peu : n'étais-je pas ce que l'on avait trouvé de mieux pour combler ton indicible absence ?

C'est après que je me suis demandé si, en fin de compte, elles n'étaient pas toutes au courant de mes lectures clandestines dans la chambre de ma grand-mère ; une sorte de marché de dupes qui les aurait unies à mon insu, une distraction dans cet étouffant théâtre où l'on assistait quotidiennement à la même représentation : une seule et unique pièce où il ne se passait pratiquement rien et qui aurait pu durer une vie entière.

À peine vieillies, les actrices se seraient appliquées à réciter leur rôle, à se perdre dans de vaines péripéties qui ne servaient véritablement aucune intrigue.

Mémie la combative, tragédienne par excellence. Celle que sa fille surnommait «Napoléone», sans doute autant pour ses méthodes autoritaires que pour son allure nerveuse et ramassée. Celle qui aurait marqué l'histoire de drames épiques, de conquêtes glorieuses et d'alliances brisées avec diables, papes et empereurs – liste non exhaustive – si le destin avait bien voulu lui accorder le statut auquel son caractère la prédestinait. Celle qui, à défaut d'être née impératrice, se contentait d'exercer son ascendant à l'échelle réduite de son environnement immédiat. L'Histoire avait cruellement manqué d'audace sur ce coup-là.

Nesrine, sa fille, ta sœur, ma tante : éternel second rôle. Celle qui a eu l'intuition de partir, de se marier (inutile redondance : comment partir de chez soi autrement qu'en se mariant quand on est une jeune Égyptienne de l'entre-deux-millénaires?), d'avoir un enfant, d'aller chercher ailleurs l'oxygène et la lumière qui s'amenuisaient progressivement dans la maison familiale et de les partager avec moi au gré de ses visites. Celle qui a su s'acquitter du peu que l'on attendait d'elle. Celle qui est parvenue à préserver son âme éveillée et son sourire espiègle.

Maman, Mira-Diaphane, jeune première devenue dernière, résignée sans que l'on ait jamais su dire comment ni pourquoi. La douceur méfiante, le visage éteint de peur qu'il n'éclaire les sillons creusés par la déception. Celle dont l'âme s'était vidée de toute joie, comme un torchon qu'on essore après s'en être servi. Celle que l'on plaignait, qui ne méritait pas ça. Comme si le bonheur se décernait au mérite, par un ajustement comptable où l'un rétribuerait l'autre à sa juste mesure.

Et Fatheya, souffleuse de mon théâtre. Celle que l'on payait, car ce lien transactionnel résume à peu près tout. Celle qui était là pour *faire* (mot que Mémie jugeait sévèrement quand elle le découvrait dans mes rédactions de français tant il couvre un nombre invraisemblable de réalités, au point, disait-elle, de ne plus rien signifier). Faire le ménage, la cuisine, la lessive, les courses, des courbettes à sa patronne et du thé aux invités. Faire attention aux franges du tapis et aux verres en cristal. Faire le moins de bruit possible.

Au fond, le drame de cette pièce est qu'il lui manquait invariablement son seul véritable protagoniste : toi.

Quant à moi, mon emploi se limitait à leur rappeler ton absence. Et le passage du temps. J'étais leur lumière, leur émerveillement, le sujet de leurs conversations. L'objet de leurs inquiétudes, parfois. J'étais leur prolongement, une forme de seconde chance, leur ciment, une excuse pour se voir, un prétexte pour s'appeler. J'étais leur culpabilité, leurs renoncements, leurs petites lâchetés. J'étais leur mauvaise conscience. Elles ne me l'ont jamais dit mais, d'une manière ou d'une autre, je sais que je te ressemblais.

Je ne comprenais pas ces lettres mais je les aimais. Elles te disaient. Je ne pouvais pas encore m'en rendre compte, mais elles étaient à la fois honteuses et sublimes. Elles étaient rédigées dans l'arabe empêché de celui qui a dû apprendre tard à l'écrire. Elles avaient le tracé hésitant, la syntaxe malmenée, elles respiraient l'effort, le doute, la sueur. Elles portaient en chaque mot la crainte, celle d'être ridicules, perdues ou interceptées, de ne jamais te parvenir. Elles sentaient le mauvais papier, la rature et le manque. Elles ne disaient jamais «Je t'aime». Elles disaient toutes «Je t'aime». Elles ne disaient jamais ce qu'elles disaient vraiment mais j'étais, à cet âge, bien loin de l'entrevoir.

Elles commençaient comme ça : « Tarek, j'espère que tu vas bien. Ta maman m'a dit qu'elle t'avait tout raconté, que Dieu la bénisse. Elle m'a dit que tu étais heureux et que tu avais compris. » Ou bien comme ça : « Tarek, j'ai appris que tu es un grand médecin, là-bas. Je comprends que tu n'aies pas le temps de me répondre. J'espère que tu ne m'en veux pas. » L'une d'elles portait cette formule qui détonnait du reste : « Crois-tu toujours aux photons enchevêtrés ? » Elles se terminaient toutes par les trois mêmes lettres : Ali.

∼

Cette après-midi d'avril, je m'étais assis par terre dans la chambre de Mémie. Cela faisait quelques semaines que j'avais mis la main sur cette correspondance, je devais avoir onze ans. Le cadre rectangulaire de la fenêtre se déformait en une tache de lumière projetée sur le sol, les contours libérés de leurs angles droits originels. J'aimais cette lumière. Bras tendus, je lui soumettais les feuillets d'une missive. Ils devenaient alors translucides, trahis par la piètre qualité du papier, et dévoilaient l'inversion des lignes manuscrites du verso. J'y découvrais, d'une page à l'autre, l'écart inégal entre les mots et l'irrégularité d'une écriture qui se resserre à mesure que la place disponible s'amenuise. J'y retrouvais le tracé usé des dernières lettres. Celles où l'abdication de tout espoir de réponse se ressentait jusque dans la calligraphie de son auteur. Lumière cruelle. Je tâchais de deviner les mots inscrits à l'envers d'une page quand surgit la voix étouffée de Fatheya :

— Rafik, grouille, Mémie arrive !

Je rangeai les lettres en vitesse, rabattis les feuilles de papier sur elles-mêmes, tant pis pour les faux plis, refermai le tiroir d'un coup sec et pris mes distances avec le meuble bavard.

— Qu'est-ce que tu fabriques ici, toi?

Je ne répondis rien. Je ne pouvais nier ma présence, j'étais là. Indéniablement là. Coupablement là. Toute parole aurait joué en ma défaveur. Mémie me regarda, dressé à côté de son lit comme un improbable pigeonnier sur une route désertique. Elle scruta mon visage. Muet, le visage. Elle inspecta mes mains. Vides, les mains. Je sentis une forme d'inquiétude lui traverser l'esprit. Une intuition soudaine. Elle regarda de nouveau mon visage et mes mains. Sa narine frétilla d'un reniflement suspicieux. Elle se dirigea vers sa coiffeuse, ouvrit les flacons, déplaça les vernis, dévissa les rouges à lèvres. Tout était en place. Elle sembla retrouver son calme, à défaut de ce qu'elle cherchait. Sa respiration se ralentit jusqu'à reprendre son rythme habituel. Elle me chassa d'un signe de la tête. La sentence venait de tomber; elle était d'une clémence inespérée. Je sortis.

~

À la vérité, Mémie avait d'autres chats à fouetter. Jacques Chirac avait choisi le Liban et l'Égypte pour sa première visite au Moyen-Orient. Puisqu'elle était Libanaise de naissance, Égyptienne de présence et, par-dessus tout, Française de transcendance, son esprit était entièrement mobilisé par cette actualité. Elle s'était d'ailleurs rendue, quelques semaines plus tôt, dans la caserne voisine où la fanfare militaire répétait une laborieuse *Marseillaise,* pour leur donner des sablés aux pistaches et les supplier d'exécuter avec un peu plus de respect la partition de l'hymne français. Autant dire qu'il en fallait plus que ma simple incartade dans sa chambre pour ternir son humeur.

Après m'avoir fait déguerpir, elle paracheva sa toilette puis s'enfonça dans le fauteuil du salon pour écouter, dans les meilleures dispositions, le dirigeant français qui s'adressait triplement à elle. Nous en étions au cinquième et dernier jour de retransmission de sa tournée régionale et elle ne comptait pas en manquer une miette. Agacée par la voix qui traduisait en arabe la parole présidentielle, elle tâchait de discerner les phrases dans leur langue originelle. Il poursuivait :

— Il est des pays qui, plus que d'autres, nous parlent, nous attirent, nous inspirent. Des pays dont l'histoire, le génie, le patrimoine suscitent en nous le rêve, l'admiration et l'émotion. Parmi ces pays, l'Égypte vient au premier rang...

— Et la France ! exultait-elle dans son salon, comme si elle lui rendait un compliment qu'il viendrait de lui adresser personnellement.

Dans la cuisine voisine, Fatheya répétait phonétiquement « Et la France ! Et la France ! » tout en singeant l'index patriotiquement dressé de son employeuse. Elle me regarda, sûre de son effet, puis me donna une petite tape derrière la tête. C'était sa manière de m'absoudre.

— Et fais attention, la prochaine fois !

Les phrases de Fatheya prenaient volontiers l'apparence de mises en garde ou de reproches, mais elles recelaient toutes la même tendresse inquiète. Pour sibylline qu'elle soit, « faire attention » était d'ailleurs la principale mission qu'elle m'intimait depuis mon plus jeune âge. Cela couvrait des risques dont les origines pouvaient aller d'adultes qui m'aborderaient dans la rue à la fraîcheur du fond de l'air et qui me guettaient dès que je quittais l'enceinte du domicile familial. À bien y réfléchir, il me semble d'ailleurs que c'était la première fois que je devais aussi faire attention *dans* la maison.

— Je lisais des lettres de mon père... Enfin, des lettres envoyées à mon père. Je dis ça mais je sais que tu le sais...

Elle se mit à astiquer le réfrigérateur pour ne pas avoir à me répondre.

— Pourquoi on ne lui a pas envoyé les lettres ? Certaines sont anciennes. Plusieurs années, même. Mémie sait où il habite, non ?

Le réfrigérateur n'avait jamais été aussi propre, mais le chiffon de Fatheya prolongeait sa danse frénétique. Je poursuivais mon monologue :

— C'est qui, Ali ?

Le torchon resta figé dans les airs.

— Oh toi, tu m'énerves !

— Tu savais, pour les lettres.

— Mais qu'est-ce que tu veux que je te dise ?

— Tu trouves que je ressemble à mon père ?

Elle sembla surprise.

— Tu es aussi têtu que lui...

Je n'en apprendrais pas davantage ce jour-là. Je sortis de la cuisine sans faire de bruit. Ma grand-mère me tournait le dos, trop occupée à boire les paroles de son Président de cœur pour remarquer ma présence. Il lui servait la chimère d'une Égypte tournée vers l'Europe, d'un monde meilleur qui restait à bâtir. Ce monde ressemblait furieusement à celui d'hier, celui qu'elle avait tant aimé et qui avait disparu à jamais. Le discours se poursuivrait encore quelques minutes avant qu'elle doive retrouver la réalité de son pays à la francophonie exsangue depuis les départs de ses semblables. Je la laissai à ses illusions.

~

Ce que je sais de toi, je l'ai appris de Fatheya. Nous attendions que leurs activités respectives attirent les autres femmes de la famille hors des murs du domicile pour que je lui pose mes questions. Je m'attablais à la cuisine pendant qu'elle préparait le repas. Je descendais avec cartable et cahiers, prêt à brandir le prétexte de mes devoirs si l'on venait à nous surprendre. Mémié se montrait méfiante de me voir traîner avec la bonne ; je m'empressais de la rassurer, arguant qu'il valait mieux que quelqu'un se dévoue pour surveiller le dosage d'épices de Fatheya. Il était admis de tous qu'elle avait la main lourde sur les aromates, je tenais là une excuse recevable. Ce que je sais de toi sentait l'ail et l'anis.

Fatheya parlait comme ces femmes que d'ordinaire personne n'écoute et qui se découvrent sur le tard un auditoire. Elle disait tout ce qui lui traversait l'esprit, m'apprenait des mots d'argot, me racontait son désespoir le jour de la mort d'Abdel Halim Hafez («Il y en a plus d'une qui s'est jetée de son balcon, tu sais? L'amour, le pays, la religion... c'était bien le seul à savoir tout chanter.»), partageait ses stratagèmes pour chasser les poules qui s'introduisaient dans la villa («Tu n'as pas idée de ce que ça perd de plumes quand ça commence à paniquer, ces bestioles-là!») et j'aurais été en peine de trouver un sujet sur lequel elle n'avait pas d'avis tranché. Il était toutefois rare qu'elle parle d'elle. À quoi ressemblaient les hommes qu'elle avait convoités?

D'où venaient les enfants qui avaient lacéré son lobe en tirant sur ses boucles d'oreilles? Elle n'en a jamais soufflé mot. Elle préférait me rapporter les mesquineries ordinaires de Mémie, vouant une gourmande prédilection à ce thème qu'elle ouvrait traditionnellement par un «je ne devrais pas te dire ça mais...» dont elle avait jugé qu'il constituait le seuil de précaution rhétorique suffisant pour introduire ses récriminations envers son employeuse. Elle savait que je ne la dénoncerais pas à ma grand-mère. J'étais son exutoire, elle, le sentier détourné qui menait à toi. C'était donnant-donnant. Je tâchais de la recentrer sur toi, seul sujet qui m'importait réellement, quoique conscient qu'aucune digue ne pouvait suffire à contenir les flots digressifs d'une Fatheya en verve. Elle parlait comme elle cuisinait: la quantité primant sur l'équilibre des saveurs. Elle avait toujours excellé dans les plats pour lesquels le temps de cuisson importait peu. J'écoutais patiemment ses histoires de poules dans l'espoir que tu viendrais y jouer un rôle quelconque.

Je n'osais pas poser de questions sur toi au sein de la famille. Je voyais bien l'effet que cela provoquait: la rancœur de maman, un froncement de sourcils de Mémie et, pour Nesrine, une certaine forme de gêne. Je me doutais qu'il avait existé un temps où l'évocation de ton prénom n'éveillait en elles qu'amour et fierté. Qu'avais-tu bien pu faire pour justifier ce revirement? En découvrant les lettres que ma grand-mère gardait sous clé, j'acquis la certitude qu'elles renfermaient une partie de la réponse. Je me gardais d'évoquer leur existence, par crainte de devenir à mon tour l'objet d'un même désamour. Pour limiter les risques de contagion, je décidai de m'en tenir à ce qu'on avait bien voulu me dire de toi pendant mon enfance:

Que tu t'appelais Tarek.

Que tu étais l'aîné.

Que tu étais médecin (comme ton père).

Que tu étais parti au Canada.

Que c'était très bien comme ça.

Il ne me restait donc plus que Fatheya pour tenter d'en savoir plus sur ce père que la vie me refusait. Ma main presque adolescente peignait de son mieux un portrait pointilliste guidé par ses indications éparses. Fatheya se répétait souvent, se contredisait parfois, ne le reconnaissait jamais. Elle adaptait son récit à mon humeur. Tu t'élevais au-dessus de tous lorsqu'elle sentait que j'en avais besoin. Tu étais égoïste et un peu coupable les jours où je pouvais l'entendre. Au moment de m'endormir, de nouvelles questions surgissaient. Je me les répétais pour ne pas les oublier puis les rangeais dans le même tiroir mental que les lettres d'Ali. Les unes comme les autres étaient orphelines de tes réponses. Fatheya ne refusait jamais d'éclairer mes interrogations. Elle tentait bien parfois de les esquiver, mais ses pirouettes pataudes ne faisaient guère illusion auprès de l'enfant obstiné que j'étais. J'ai longtemps cru ne devoir ses confidences qu'à la tendresse qu'elle me portait mais, à la réflexion, il me semble que cela la soulageait également.

— Et sinon, il savait que j'existais, quand il est parti?

L'unique fois où je m'étais risqué à le demander à ma mère, elle était entrée dans une colère qui me fit durablement passer le goût que l'on m'y reprenne. Plusieurs années après, je retentai ma chance auprès de Fatheya. J'adoptai un ton détaché. Il fallait que ma question semble anodine, qu'elle se perde au milieu des autres, comme un badaud dans les rues tortueuses du Khan el-Khalili. Fatheya hocha la tête en signe de négation.

— Et aujourd'hui, il sait?

— Non, Rafik.

— Pourquoi personne ne le lui dit?

— Je ne sais pas. Ta mère ne voulait pas, elle nous a interdit de lui mentionner ton existence. C'était ça ou on ne te voyait plus. Je pensais que Nesrine lui en parlerait quand elle est allée le voir, mais elle et ta grand-mère ont finalement fait comme Mira le voulait. Tout le monde se disait qu'il finirait bien par revenir, que ta mère lui en parlerait à ce moment. Enfin, je suppose. Après tout, ça ne regardait qu'elle, tu comprends?

Je ne comprenais pas mais acquiesçai. Il y eut un silence. Elle ne savait pas quoi dire; je réfléchissais aux implications de ses dernières paroles.

— C'est peut-être pas plus mal, en fait. Ça veut dire qu'il ne m'a pas abandonné. On n'abandonne pas quelqu'un qui n'existe pas.

— Oui, oh! Il a abandonné assez de monde comme ça, hein! Ta mère, Mémie... tous ceux qui comptaient sur lui.

— Tu crois qu'il serait parti s'il avait su que j'existais?

— Tu m'en poses des questions... Comment veux-tu que je sache? Je crois qu'il est parti parce qu'il n'avait plus vraiment le choix. Ça devenait compliqué.

— C'est à cause d'Ali?

Fatheya mobilisa toutes les rides de son visage en un air de semonce:

— Ne répète jamais ce nom devant Mémie, toi! Ni personne d'autre, hein. Tu vas t'attirer des embrouilles, et à moi avec!

— Alors, c'est à cause d'Ali?

— Oui, oui, c'est comme tu dis...

— Tu ne veux toujours pas me dire qui c'est?

29

Il a fallu que je commence à t'écrire pour que ce souvenir me revienne. Il doit y avoir une explication à ces détails, insignifiants en apparence mais que l'on oublie d'oublier. Nous nous rendions à la plage de Montaza. Mémie prétendait qu'il n'y avait guère que l'air d'Alexandrie qui lui soit supportable en été. Elle arrivait avec Nesrine, son mari et leur enfant, un à deux jours avant nous, pour préparer l'appartement. Je ne sais pas bien en quoi cela consistait ni pourquoi cette tâche n'était pas dévolue à Fatheya, mais cela semblait arranger tout le monde.

Nous prenions la route de bonne heure et mangions dans la voiture pendant que ma mère conduisait. Le début des vacances avait un goût de Vache qui rit grossièrement écrasé dans un pain pita que Fatheya saupoudrait paresseusement de *zaatar* pour suggérer l'idée qu'elle avait cuisiné quelque chose. Chaque station d'essence me donnait le droit de choisir une friandise : contrat tacite pour que je reste sage. Fatheya m'emmenait à la boutique pendant que maman faisait le plein. Les gaufrettes à la vanille venaient par paquets de six, conditionnées en lots de deux. Même à cela, elles revenaient moins cher que les barres chocolatées d'importation occidentale vendues à l'unité. Il n'en fallait pas davantage pour que Fatheya choisisse à ma place au nom de cet argument supérieur : nous en avions pour notre argent. Les flaques d'essence irisaient l'asphalte de teintes métalliques. Fatheya prétendait qu'elles pouvaient s'embraser à tout moment avec cette chaleur, déclenchant un incendie qui soufflerait la station entière (elle avait vu ça à la télévision). Je prenais grand soin qu'elles n'entrent pas en contact avec mes sandales. Je sautillais dans les effluves enivrants du carburant comme on danse sur un volcan. J'essuyais d'un revers de main les miettes de gaufrette collées sur ma lèvre supérieure. Fatheya louait auprès de ma mère le choix de friandise qu'elle m'attribuait. Nous en avions pour notre argent. J'avais six ans.

Nous venions à peine d'arriver et nous nous dirigions vers l'appartement pour y déposer nos valises. Fatheya reprenait progressivement forme humaine, après qu'une marche de quelques dizaines de mètres l'eut presque entièrement liquéfiée. Nous la laissions prendre une douche et terminer de nettoyer la maison avant qu'elle nous rejoigne à la plage. Nesrine et Mémie étaient allongées sur des transats installés sur la petite plaque en béton où se dressait notre cabine. Nous disions « cabine » mais il s'agissait en fait d'un petit bungalow blanc dans lequel se trouvaient cuisine, toilettes et quelques espaces de rangement, séparé des autres par une clôture en bois croisé peinte en vert. Je me souviens qu'il ne fallait pas la toucher au risque de se prendre une écharde au doigt. Je voulus courir vers ma tante et la surprendre en mettant mes mains sur ses épaules, mais j'échappai un cri d'excitation qui trahit ma présence et ne fit sursauter que moi. Nesrine et Mémie se retournèrent, je laissai mon sac de plage aux pieds de maman et me précipitai vers elles.

Je ne me souviens pas précisément de l'heure à laquelle tout se mit à s'enchaîner. Je m'étais d'abord baigné avec Nesrine et j'en gardais au fond de la gorge le goût salé de l'eau avalée de travers. J'avais appris à garnir de tours mon château de sable grâce au gobelet en plastique que je remplissais de grains ni trop humides ni trop secs afin qu'ils se démoulent à la perfection. Je m'apprêtais à creuser les douves à l'aide de ma pelle en plastique pour que les vagues les plus fortes viennent cercler d'eau mon fier édifice. Elles arrivaient par un long couloir pentu et se fendaient en deux au niveau du château qu'elles finissaient par contourner. Je guettais l'instant où le flot de droite rejoindrait celui de gauche pendant quelques fractions de seconde avant que le sable ne les absorbe.

Maman discutait avec Mémie à l'ombre du parasol posé sur le seuil de la cabine; elles berçaient de leurs voix mon cousin endormi dans sa poussette. À quelques mètres de là, Nesrine avait planté son transat d'où elle me surveillait et me mouillait les cheveux toutes les demi-heures pour m'éviter une insolation. Le soleil était mauvais à cette heure, comme me l'avait répété ma mère. Il s'agissait certainement de l'une de ses phrases préférées. Fatheya la lui empruntait régulièrement, marquant ainsi à la fois son indiscutable loyauté et le soin qu'elle portait au bien-être de son fils. Je n'aurais pas su dire à quel moment exact de la journée elle faisait référence, j'avais l'âge d'avoir toujours une femme à côté de moi pour se préoccuper de l'heure où le soleil était mauvais.

Nesrine sortit un appareil photo de son sac et fit un mouvement de la main pour que je la regarde. Je posai avec noblesse devant mon château qui s'affaissait péniblement, érodé par les assauts successifs de l'eau. Alors que Nesrine réglait son appareil, je vis ma mère bondir de son transat et marcher vers nous à vive allure. Le vent dans son paréo amplifiait la nervosité de ses pas. Elle apostropha sa belle-sœur qui, de dos, ne pouvait la voir arriver :

— Qu'est-ce que tu fais au juste ?

Nesrine indiqua d'un geste qu'elle ne comprenait pas la question.

— Et ça ? reprit-elle en pointant du menton l'appareil argentique que Nesrine portait autour du cou.

— Mais enfin, on prend des photos, Mira. Qu'est-ce que tu as ?

— C'est pour lui envoyer, c'est ça ?

Mira-Déflagration. J'étais tétanisé. Indifférentes à mon état, elles poursuivaient toutes deux leur querelle à laquelle je ne comprenais pas grand-chose, si ce n'est l'identité du *lui* qui ne faisait aucun doute, même pour l'enfant de six ans que j'étais. Je sentais mon cœur battre, redoutant le moment où elles finiraient par se souvenir de ma présence. Je me retenais d'émettre le moindre son de peur qu'il ne fasse dévier la foudre sur moi, jusqu'au moment où je vis Fatheya s'approcher de nous. Elle revenait de l'appartement et pressa le pas quand elle perçut au loin la tension. Elle n'était plus qu'à quelques mètres de nous quand je sentis mes larmes monter. Ma gorge se serra, échappant un cri plaintif d'enfant. Elle feignit l'enthousiasme pour me proposer d'aller ramasser les coquillages le long de la mer. Sa tentative de diversion n'appelant pas de réponse, elle me prit par le bras et m'emmena loin du drame. Fait exceptionnel, elle me laissa marcher sur le rivage, là où les vagues terminaient leur course. Ne sachant pas nager, Fatheya était habituellement terrifiée à l'idée que je me baigne. Sans doute pressentait-elle que ce serait ma dernière occasion durant ces vacances de profiter de la mer. À chaque vague qui mouillait ma cheville, je pliais mes orteils pour retenir le plus de sable sous la plante de mes pieds.

À notre retour, ma mère me commanda de ne pas défaire mes valises : nous repartirions au Caire le lendemain. Je ne sais pas ce qu'elles se dirent en mon absence, mais plus un mot ne fut échangé de la soirée. Mémie prétexta une migraine pour se retirer, mon oncle était aussi peu disert qu'à l'habitude, Nesrine ne parlait plus à ma mère et ma mère ne parlait plus à personne. Mon cousin poursuivait sa sieste dans sa poussette. Insensible à l'électricité dont l'air s'était empli, il dormait d'un sommeil ivre. Ivre de soleil, ivre d'insouciance, ivre d'avoir trois ans, des parents unis et de ne rien comprendre. Sa bouche indolente laissait couler un filet de bave que l'on ne manquerait pas de lui essuyer tout à l'heure.

Le reste des vacances se déroulerait pour moi au camp d'été scout de Wadi El-Nil, à Héliopolis. Culottes courtes, chaussettes hautes et foulard noué autour du cou, je passerais la saison à saluer le drapeau en arabe, à laver des assiettes cabossées et à éduquer ma vessie éprouvée par d'interminables randonnées. Je remuerais les lèvres pour faire croire que je connaissais les chants aux paroles interchangeables, préférant mobiliser mon esprit à échafauder des plans pour éviter l'inscription de l'été suivant. Même absent, tu parvenais à gâcher mes vacances.

30

Montréal, 2000

— *Du courrier pour vous, doc.*

Elle lui parle en anglais, ne lève pas les yeux. Tout ce qu'elle prononce a le ton détaché d'un échange administratif, même lorsqu'elle use d'humour.

— *Trois résultats de tests et une lettre d'amour*, énumère-t-elle. *Il était temps que vous trouviez quelqu'un. Un si bon parti!*

C'est au moment de s'esclaffer que son visage devient expressif. Son rire s'achève en une quinte de toux. Elle tente d'y mettre fin en la couvrant de jurons puisés dans un répertoire sans fond puis se reprend :

— *Soignez-la bien, doc! Elle a une jolie écriture.*

Le rire et la toux s'éloignent à présent dans le couloir. Ils s'alimentent l'un l'autre et couvrent le crissement des roues du chariot de courrier. Chaque expiration semble déblayer des pelletées pleines de goudron que les années de tabagisme auraient déposées dans ses voies respiratoires.

— *Et vous, soignez-vous bien, Viviane. Et arrêtez la clope, ce n'est pas raisonnable.*

Il y a effectivement trois pochettes de courrier interne contenant des résultats médicaux et une enveloppe jaune pâle écrite à la main qui lui est adressée. Tarek s'empare de cette dernière ; la lettre qu'elle contient est écrite en arabe.

Le Caire, le 23 mars 2000

Docteur,

Permettez-moi de me présenter : je suis journaliste indépendant et je réalise actuellement un reportage sur les médecins égyptiens à travers le monde. J'aurais souhaité pouvoir m'entretenir avec vous à ce sujet. Auriez-vous un instant à m'accorder pour que je vous expose ma démarche ? Je vous en serais grandement reconnaissant.

Salutations distinguées,
Ahmed Naguib

L'écriture est soignée, le papier sans en-tête. Un plissement au niveau du front accompagne la lecture. Ce n'est pas tant le nom de l'émetteur – qui ne lui dit rien – que la vue des caractères arabes formant le nom de sa ville d'origine qui assombrit son visage. Le Caire. Il ne la relit pas, la froisse calmement et la jette dans sa corbeille.

31

Le Caire, 1998

    Cela faisait deux ans. Deux années à tenter de reconstituer ta vie de fantôme-géniteur dont la simple évocation m'était tacitement interdite. Fatheya continuait à me distiller ses récits dont elle choisissait méticuleusement les bribes qui lui semblaient racontables, empâtant chaque nouvelle version de précisions, sinon incohérentes, du moins inutiles. Je commençais à me fatiguer de ses histoires qui parlaient davantage d'elle que de toi. Elles ressemblaient de plus en plus à de douteux prétextes pour que je lui tienne compagnie. Quelques photos de toi avaient miraculeusement échappé à la frénésie purificatrice de ma mère. Tu semblais grand, les cheveux foncés, les joues creusées et le nez vaguement busqué. Pour le reste, tu ne te ressemblais pas vraiment d'une photo à l'autre et je me lassais d'y chercher des traits que tu aurais pu partager avec moi. J'avais les lettres, envoyées par un homme dont l'identité était encore plus volatile que les poussières de toi laborieusement accumulées. C'était peu. Je m'apprêtais à abandonner l'idée de repriser cette toile aux chutes disparates lorsqu'un incident vint tout bouleverser.

Étant plutôt assidu à l'école, je m'étais discrètement retrouvé dans la catégorie des bons élèves qui ne font pas de vagues. Un professeur qui me pensait en avance sur mes camarades avait proposé à ma mère de me faire sauter de classe, ce qu'elle avait aussitôt décliné. Son obsession que nous soyons «comme tout le monde» était telle qu'il n'était pas envisageable que je m'écarte du chemin ordinaire. Mira-Fin-de-Transmission. Ma grand-mère se rangea à son avis, quoique pour des raisons différentes : il lui paraissait préférable que je sois le meilleur à mon niveau plutôt qu'un élève moyen d'une classe supérieure. Elle se contenta de commenter ma précocité d'un énigmatique «bon sang ne saurait mentir», compliment qu'elle semblait s'adresser à elle-même plus qu'à moi. Pour faire plaisir à l'une comme à l'autre, je m'étais donc attaché à collectionner les bonnes notes sans jamais me faire remarquer. Il n'était d'ailleurs pas rare qu'en fin d'année un bon tiers de la classe ignore encore mon prénom. J'avais renoncé à me chercher des points communs avec mes conscrits et finissais par trouver confortable leur indifférence à mon égard. C'était compter sans la détermination de Fatheya à accompagner comme il se doit mon évolution hormonale.

Obsédée par le duvet qui s'était installé au-dessus de mes lèvres, elle cherchait depuis quelques mois à me convaincre de le raser. Elle avait tenu à m'assurer de tout son soutien logistique et moral lorsque je serais prêt. C'était une annonce plus qu'une proposition. J'hésitais. Mon excitation sur le sujet était loin d'égaler la sienne et je ne voyais pas l'utilité de commencer ce rituel qui semblait procurer aux hommes plus d'inconfort que de satisfaction. J'avais surtout l'impression de mettre le doigt dans un engrenage sans fin, à la manière de la sempiternelle *halawa* que Fatheya préparait pour les épilations au sucre de maman. Les gémissements poussés dans le secret d'une salle de bains réquisitionnée pour l'exercice ont d'ailleurs compté parmi les mystères les plus angoissants de mon enfance.

Fatheya prit les devants. Fatiguée de mes atermoiements, elle m'offrit une bouteille de *Chabrawichi 555* pour mes quatorze ans. Elle avait conservé cette habitude qui m'était de plus en plus désagréable de rentrer sans frapper à tout moment dans ma chambre et vint me cueillir au réveil.

— Joyeux anniversaire, Rafik!

— C'est dans deux mois...

— Je sais, mon cœur, mais tu es né en juillet et mon cadeau ne peut pas attendre la fin de l'année scolaire.

À l'abondance de fleurs qui ornaient l'étiquette, je pris tout d'abord le flacon pour un produit de nettoyage quelconque et tentai de masquer ma perplexité par de polis remerciements. Il en fallait plus pour entamer son enthousiasme : «C'est la meilleure eau de Cologne du monde! Tous les hommes que j'ai connus en portaient!» Elle prononçait avec une emphase démesurée l'adjectif *tous,* soulignant ainsi la valeur statistique de son argument. Elle s'arrêta, l'air grave, comme pour laisser défiler mentalement l'ensemble de ses conquêtes masculines et se remémorer leur identité olfactive. Déstabilisé par cette confidence, je ne m'étais pas rendu compte qu'elle s'était emparée de la bouteille. Elle en pulvérisa généreusement le contenu dans l'air, lâchant un inoffensif mensonge pour achever de me convaincre : «Ton père en mettait chaque matin après sa douche!»

Le cadeau n'était évidemment pas dénué d'arrière-pensées. Fatheya espérait secrètement qu'il servirait pour mon premier rasage. À moins de l'avoir subtilisé à l'un des hommes (nombreux, donc) qui s'étaient succédé dans son lit, ce flacon avait dû représenter une somme pour elle. Je me sentis coupable de ne pas lui avoir réservé l'accueil qu'il méritait et finis par céder : à moi l'épreuve du rasoir. Elle ne se le fit pas dire deux fois : je me retrouvai aussitôt sur le rebord de la baignoire, le bas du visage badigeonné de mousse blanche par un blaireau dégotté d'on ne sait où.

— Et maintenant ?

— Maintenant, tu rases !

— Comme ça ?

— Eh, Goha ! Elle est où, ton oreille ?

Elle faisait souvent référence à ce personnage de la culture populaire qui avait le réflexe improbable de tordre sa main gauche au-dessus de sa tête lorsqu'on lui demandait de toucher son oreille droite. C'était sa manière de me faire remarquer que je trouvais toujours le moyen de compliquer inutilement une situation simple. Elle s'empressa de remettre en place le rasoir que je tenais à l'envers, appuyant ses gros doigts rugueux sur les miens pour amorcer le premier mouvement. Le bilan de l'opération était plutôt satisfaisant : aucune balafre à déplorer (c'eût été un échec dont elle ne se serait jamais remise), tout au plus quelques gouttelettes de sang qui perlaient par endroits et qu'elle aspergea abondamment de *Chabrawichi 555,* comme ces cafards volants qu'elle pulvérisait de Baygon avec un acharnement démesuré lorsqu'ils croisaient sa route à la cuisine. Je me souviens de la sensation désagréable de l'alcool sur ma peau irritée et des trois claques de Fatheya sur ma joue censées signer son œuvre. «Allez, file montrer à ta mère que tu es devenu un homme !» Ma mère, en l'occurrence, ne remarqua rien de mon rasage de près, si ce n'est l'odeur envahissante de mon nouveau parfum. À ses inspirations exagérées, elle faisait semblant d'analyser ce qui avait changé dans l'air ambiant, mais je savais bien qu'elle cherchait surtout un bon mot pour se moquer de ma toilette inhabituelle. Mira-Sarcasme. Précédant tout commentaire désobligeant, je lui annonçai d'emblée qu'il s'agissait d'un cadeau de Fatheya et que j'étais en retard pour l'école. Deux affirmations inattaquables.

J'avais manqué de peu le bus scolaire et dus me rabattre sur le municipal pour me rendre à mon collège, de l'autre côté du Nil. Après avoir cavalé sur les derniers mètres, je rejoignis à temps la salle de classe où le professeur commençait à relever les présences. Mon nom n'avait pas encore été appelé ; je pus donc regagner ma place au prix d'un simple regard réprobateur.

On m'avait affublé d'un voisin de pupitre particulièrement agité en vertu de cette ancestrale coutume jésuite qui consiste à placer côte à côte les éléments perturbateurs et ceux qui ne posent aucun problème. L'idée était que les seconds fassent naître chez les premiers une soif soudaine de rédemption. À la vérité, je serais bien incapable de citer un cas où ce procédé aurait fonctionné, mais il s'en trouvait certainement dans l'histoire du Collège de la Sainte-Famille pour justifier sa popularité. Le principal fait d'armes de Chérif consistait à avoir mué, au contraire des autres garçons, ce qui tenait plus certainement à ses deux redoublements qu'à une quelconque précocité. Il en retirait une légitimité en tant que chef de bande et, à l'en croire, un grand succès auprès des filles.

Je me remettais tout juste de ma course et mis quelque temps à me rendre compte que ses ricanements m'avaient pris pour cible. Il attendit que la cloche sonne pour m'interpeller ostensiblement :

— Alors, comme ça tu t'es fait beau ?

(Ne pas accorder d'importance, laisser passer.)

— Tu t'es fait beau pour séduire qui, eh?

(Coup d'épaule de sa part pour me faire lever les yeux. Ne pas réagir, attendre qu'il se lasse.)

— Tu t'es mis du parfum ce matin? Tu serais pas pédé comme ton père?

Le coup partit tout seul. Je ne m'étais jamais battu de ma vie et m'en serais bien cru incapable, mais l'inspiration me vint sans trop avoir à y réfléchir. Avant de poursuivre, il me faut préciser que j'ignorais la signification précise de ce terme. J'avais, au mieux, une idée du rang qu'il occupait dans le classement des insultes de cour d'école, mais c'était suffisant pour que je riposte. Je repliai mes doigts et le frappai au visage. Partagés entre incrédulité et fascination, les élèves reculèrent pour former un arc prudent autour de nous. Ils commencèrent à nous encourager bruyamment. Chérif agrippa la chemise de mon uniforme pour me projeter à terre; il trébucha sans y parvenir. Je profitai de ce sursis pour lui asséner un second coup, mais il arrêta mon poing de la paume de sa main. Il me l'aurait certainement broyé si un professeur n'était pas venu nous départager et nous conduire vers le bureau du directeur, sous les sifflets d'une classe galvanisée. Mon école n'était pas coutumière de ce genre de scène et je pris pour relativement cléments les trois jours de suspension dont on nous sanctionna.

Cet épisode me valut successivement les remontrances de ma mère et les félicitations de Fatheya. Je me gardai de préciser ton implication à la première et celle du flacon de *Chabrawichi 555* à la seconde.

— Ah ça, tu as fait ce qu'il fallait faire ; je suis sûre qu'il méritait sa correction ! Le jour où tu te rases, en plus ; je savais bien que ça ferait de toi un homme.

Elle me pinça la joue avec fierté avant de reprendre :

— Ne recommence pas tous les jours non plus, hein ? Tu le fais une fois pour montrer qui tu es, mais pas question que tu te transformes en vaurien ! En tout cas, j'en connais un qui n'est pas près de recommencer à t'embêter…

— Faty, mon père était pédé ?

Cela m'avait travaillé toute la journée. Il me semblait qu'une partie du mystère qui t'entourait était liée à ce mot, mais je ne voulais pas en demander la signification à Fatheya au risque qu'elle m'invente n'importe quoi. C'était un coup de bluff. Je vis ses yeux s'écarquiller.

— C'est pour ça que tu t'es battu ?

— Réponds à ma question…

Je la sentis déstabilisée puis elle se reprit. Elle me reprocha d'abord de prononcer des grossièretés devant une dame, puis de prêter attention aux racontars de cour d'école. Je la laissais s'enfoncer dans ses tentatives de diversions sans jamais la quitter du regard. Je voyais bien qu'elle cherchait à démêler ce que je savais vraiment de ce que je feignais de savoir et me gardais de lui fournir le moindre indice. Elle finit par s'énerver, éructant quantité de jurons et pestant contre tous ceux qui lui passaient par l'esprit. À ma grande surprise, le nom d'Ali rejoignit sa litanie de malédictions.

— Pourquoi tu parles d'Ali ?

Percevant mon étonnement, elle hésita un moment, mais il était trop tard pour se reprendre. Jamais jusque-là elle n'avait mentionné ce prénom sans que je l'y force et je vis la panique naître dans ses yeux. Elle était une louve prise dans ce piège dont elle commençait à comprendre qu'elle ne sortirait pas vivante.

Les quelques fois où je l'avais interrogée sur Ali, elle me servait invariablement la même réponse : c'était un garçon à problèmes que tu avais eu la mauvaise idée de vouloir aider et dont je devais me garder de parler. «Garçon à problèmes.» Derrière cette expression volontairement allusive, je comprenais surtout qu'il était à l'origine d'un certain nombre de *nos* problèmes, au premier rang desquels ton départ. Peut-être avait-il également lui-même des problèmes, je ne m'étais jamais vraiment posé la question. Quant à savoir pourquoi il t'écrivait des lettres…

D'un coup, tout prit sens dans mon esprit : la signification de l'insulte, le lien t'unissant à Ali, les mystères entourant ton départ… Cela devenait une violente évidence.

Je regretterais un jour le déferlement de haine qui se produisait en moi. Il me sembla soudain que l'univers n'était pas assez grand pour contenir ma colère ; elle était sans commune mesure avec celle qui m'avait fait me battre deux heures plus tôt.

Je me mis à détester tous mes semblables. Ceux dont le rang social du père tenait lieu de présentation, leurs airs d'être accomplis avant même d'avoir vécu. Ceux qui avaient un modèle qu'il suffisait d'imiter pour un jour devenir un soi convenable. Ceux qui avaient grandi à proximité de la source et allaient s'y abreuver sans jamais avoir connu la soif.

Je détestais ma famille de m'avoir tu cette vérité que tout le monde savait. Comme s'il suffisait de dissimuler les miroirs pour préserver un être difforme de sa propre laideur.

Et, plus que tout, je te détestais, toi.

Toi que j'avais maudit d'être absent, je te maudissais désormais d'avoir existé. Par ta faute, j'étais le fils d'un homme qui couchait avec un homme. J'étais le fils d'un homme qui avait abandonné sa femme. J'étais la risée de ma classe. J'étais le dernier idiot à ne pas savoir qui j'étais.

Tout cela se mélangeait dans ma tête. Je ne comprenais pas ce que je haïssais ; je haïssais ce que je ne comprenais pas.

D'un geste nerveux, je renversai ce qui se trouvait sur mon bureau. Fatheya tentait de me raisonner, m'implorait de ne jamais évoquer cette conversation, elle y perdrait son emploi... Je n'écoutais rien. Je lui criai de sortir de ma chambre. Elle sortit. Un silence s'installa entre nous pendant de longues semaines.

32

Le Caire, 1999

Mémie n'était plus. J'avais quinze ans et c'était la première fois que je côtoyais la mort d'aussi près ; cela n'allait pas sans une certaine excitation.

Je savais la compassion bienveillante dont bénéficiaient mes camarades lorsqu'ils annonçaient la perte d'un proche à leurs professeurs. Moi, je n'avais droit qu'à des regards, tantôt moqueurs, tantôt réprobateurs, quand il était question de toi. Ça n'avait rien à voir. La bagarre au collège de l'année précédente m'avait rendu le sujet encore plus douloureux. Je t'en ai longtemps voulu de n'être pas décédé. Un enfant orphelin, c'est pur ; un enfant abandonné, c'est honteux. En me donnant droit à la pitié dont tu m'avais privé, la mort de ma grand-mère corrigeait une certaine injustice. On pouvait enfin me plaindre sans nuance.

Je dis cela, mais je sais qu'elle me l'aurait reproché : elle était résolument contre toute forme d'apitoiement. «Celui qui étale sa misère n'inspirera jamais le désir ni la crainte.» C'était pour elle un grand principe, l'une de ces vérités éternelles et inabrogeables dont elle avait le secret. «C'est comme ça», assénait-elle, laconique, comme pour décourager celui qui chercherait à en questionner la validité. Elle avait le mérite de la cohérence : je ne l'ai jamais vue se plaindre de son sort, même quand il était question de toi.

Elle était morte de *ce qu'elle avait*. Je ne saurais dire ce dont il s'agissait précisément mais, vers la fin, la vie familiale n'avait plus gravité qu'autour de cette mort annoncée. Toute chose avait d'ailleurs fini par se ranger dans l'une ou l'autre de ces deux catégories fondamentales et mutuellement exclusives : ce qui est mauvais pour *ce qu'elle avait* et le reste. Quand *ce qu'elle avait* rendit irrécusable une fin pourtant redoutée depuis quelques années, elle nous fit entrer à tour de rôle et dans cet ordre : Nesrine, Mira, moi et Fatheya, pour nous livrer ses dernières sagesses.

J'avoue être resté sur ma faim. Je m'attendais à une révélation fracassante, dans l'idéal sur toi, et je dus me contenter d'une suite de poncifs sur le sens de l'honneur, celui de la famille et le fait de veiller à ce que sa mort (au sens de l'affliction légitime dont nous serions frappés) ne constituât pas une occasion pour la bonne de soustraire à notre vigilance quelque objet de valeur. C'était maigre et un peu mesquin. Je sortis de sa chambre en me disant que cette probable dernière conversation avec ma grand-mère ne serait pas la plus mémorable quand je vis Fatheya, prostrée sur une chaise et attendant son tour. Elle incarnait à merveille la dévastation intérieure. Ses larmes noircies au khôl dégoulinaient d'un œil épuisé. Son employeuse n'aurait pas rêvé meilleure dramaturgie. Il faut dire que, depuis le matin, Fatheya échafaudait mille hypothèses sur les raisons possibles de cette convocation. Chacune avait été mentalement passée en revue, de la plus enviable (l'annonce d'une part d'héritage, en reconnaissance de ses bons et loyaux services) à la plus effrayante (celle d'un congédiement forcément abusif). Elle se leva d'un bond et s'engouffra dans la chambre de la mourante sitôt qu'elle m'en vit sortir.

Mémié lui demanda simplement de composer le numéro de téléphone de son fils et de bien vouloir quitter la pièce tout en restant à proximité pour le cas où la communication serait coupée. Elle fut également priée de ne pas écouter à la porte, «pour une fois», ce qui constitua historiquement la dernière bassesse de ma grand-mère à son égard.

~

Jusque-là, mon entourage mourait encore moins qu'il n'évoluait. C'est dire. J'en arrivais à me demander si les femmes qui pleureraient un jour ma mort ne seraient pas les mêmes que celles qui s'étaient penchées sur mon berceau. D'une certaine manière, le départ de Mémié rétablissait l'ordre naturel des choses. Je ne voudrais pas que tu penses, à la lecture de ce qui précède, que sa mort ne m'a pas dévasté, car rien ne serait plus faux. Ma Sainte Trinité familiale était désormais amputée de sa figure la plus solide et cela me plongeait dans une grande détresse.

À la vérité, j'ai toujours eu l'impression de lui devoir ma présence parmi elles. Je suis persuadé que ma mère, enceinte et fraîchement abandonnée, avait cessé de me désirer; qu'elle avait dû tout envisager: se laisser dépérir avec ce qu'il restait de toi dans ses entrailles ou attendre ma naissance pour me confier au premier orphelinat venu. Je ne vois qu'une intervention de sa belle-mère pour l'avoir convaincue de me garder.

Bien sûr, je n'ai rien pour étayer cette hypothèse, mais cette pensée m'a toujours rapproché de Mémie. Je n'ai d'ailleurs pas souvenir d'un moment heureux de mon enfance auquel elle n'aurait pas été associée. Sans doute lisait-elle en moi mieux que ma propre mère.

Je venais de perdre celle qui me remontait le moral à grand renfort d'*aich el saraya* de chez Mandarine Koueider. Celle qui me conservait une préférence discrète par rapport à mon cousin, comme pour rattraper les injustices du destin. Celle, aussi, qui me découvrait un avenir glorieux dans le marc du café turc que je m'obligeais à boire pour connaître ses prédictions. Elle retournait ma tasse aux parois noircies, fronçait les sourcils pour mieux s'aider à lire le futur dans les dépôts aléatoires de la boisson, puis rendait son verdict. Il était toujours question d'efforts à fournir, d'embûches que je saurais surmonter et d'un destin à la hauteur de ma force de caractère. Pouvait-il en être autrement ? J'étais tout de même né un quatorze juillet, jour de la fête nationale du plus grandiose des pays. Pour confirmer l'augure, il lui arrivait même de dénicher un drapeau français dans les résidus de café. Le doute n'était plus permis : l'avenir serait éblouissant.

Les rares fois où elle s'oubliait à prononcer ton prénom devant moi, je voyais comme un flottement dans son regard. Consciente de ce tabou involontairement enfreint, elle cherchait alors à en mesurer la portée. Ce n'est pourtant pas comme si elle venait de me révéler qu'elle avait un fils, que j'avais un père et qu'ils étaient une même et unique personne, mais je voyais bien que cela la tracassait. Je lui offrais mon air le plus indifférent, pour la rassurer sur le fait que je n'avais rien entendu de choquant, peut-être même rien entendu du tout, et qu'elle pouvait poursuivre son récit sans que cela paraisse suspect. À d'autres occasions, il m'arrivait de laisser ses silences me parler de toi. Je lui posais candidement une question à laquelle je te savais lié. D'une formulation presque enfantine, je lui demandais par exemple s'il était plus simple d'élever une fille ou un garçon, ou quelle avait été la plus grande épreuve de sa vie. Elle se taisait et réfléchissait longuement. Sachant qu'il n'y avait que toi dans son esprit à cet instant précis, je tentais de t'entrevoir à travers ses rides bavardes. Elle trouvait une diversion pour éloigner la conversation de ce terrain miné mais c'était égal. Sans qu'un mot soit échangé, quelque part entre le mensonge de ma question faussement innocente et celui de sa réponse, nous venions de parler de toi. Ces non-conversations me manqueraient.

Maman aussi savait esquiver les questions à ton sujet. Lorsqu'on m'en posait une, elle s'empressait de répondre à ma place: «Son père n'est plus là...» Elle baissait alors les yeux pour installer ce qu'il faut de trouble dans la tête de son interlocuteur pour qu'il ne cherche pas à en savoir davantage. «Plus là», cela ne voulait pas dire grand-chose mais avait au moins l'avantage de ne pas signifier «parti à l'étranger parce qu'il ne s'est jamais remis de la mort de son amant, un prostitué, fils de *zabbalines*». On déduisait, au mieux, que tu étais décédé. Comme s'il fallait accréditer cette thèse dans l'esprit de son interlocuteur, elle ajoutait immanquablement: «Nous avons la chance de vivre avec ma belle-mère, c'est une perle!» C'était bien la preuve qu'il n'y avait rien de suspect dans cette situation et que le drame qui nous touchait était de ceux qui condamnent au courage plutôt qu'à l'opprobre. Mira-Demi-Vérité.

Je n'avais jamais eu de proximité particulière avec mes autres grands-parents. Devant leur entêtement à me parler dans leur langue, je faisais mine de ne pas comprendre ou leur répondais en arabe, prenant un plaisir d'enfant cruel à voir leurs mines décomposées devant mon arménité défaillante. Je vivais avec eux la même relation faite de familiarité et d'extranéité qu'ils entretenaient avec l'Égypte. Mémie disparue, ma première crainte fut de devoir déménager chez eux. C'est comme s'il me semblait déraisonnable que maman et moi puissions vivre seuls, sans autorité supérieure pour prendre à notre place les décisions importantes. À la réflexion, j'aurais plutôt dû m'étonner que ma mère restât vivre jusqu'à la fin aux côtés de sa belle-mère, mais cela répondait certainement aux besoins de chacune. Ta mère y trouvait la garantie de me voir grandir malgré ton départ tandis que la mienne en retirait un peu de cette normalité sociale qui lui était si chère.

On me fit rapidement comprendre que nous ne nous séparerions ni de l'appartement familial ni des services de Fatheya et ce fut un réel soulagement. Je ne me sentais pas la force de devoir, seul, éponger la mélancolie qui suintait du quotidien de ma mère. Feindre d'ignorer ses accès de boulimie. Remplir artificiellement le vide que ton départ et celui de ta mère avaient créé chez elle. Ça aurait été trop pour l'adolescent que j'étais.

~

Étonnamment, la possibilité de ta présence aux funérailles de Mémie ne m'avait pas effleuré l'esprit. Tu appartenais à une réalité parallèle à la mienne et j'avais intégré le fait que deux parallèles ne pouvaient se rencontrer. Il avait fallu Fatheya pour introduire en moi le doute. « Quand même ! Il aurait pu venir la voir avant qu'elle meure, ça aurait été normal, non?» Rapportée à notre famille, la normalité ne me semblait pas être l'argument le plus valable, mais la remarque de Fatheya me plongeait dans un océan de possibilités.

— Et pour l'enterrement? Tu crois qu'il reviendrait?

— Il n'est pas venu la voir vivante, tu veux qu'il vienne maintenant qu'elle est morte? Allons!

L'hypothèse me semblait mériter mieux que ce revers de main rhétorique. Fait exceptionnel, je décidai de la tester auprès de maman. Elle l'accueillit avec un battement de paupières perplexe et me demanda qui m'avait mis pareille idée dans la tête. À strictement parler, j'aurais pu désigner Fatheya, mais mieux valait n'incriminer personne. Elle était tout juste délivrée de la férule de ma grand-mère, je m'en serais voulu qu'elle soit prise en grippe par sa nouvelle employeuse.

— Va plutôt terminer ton texte pour la messe de Mémie.

Elle me fixait à présent avec l'expression du parent las de devoir conduire au lit un enfant qui a passé l'âge de croire aux fantômes. Mieux valait ne pas insister. Je suivis son conseil et me remis à mon éloge funèbre; il me restait peu de temps pour l'écrire dans ce français élégant qui aurait plu à ma grand-mère. Cette dernière avait beau avoir passé la majeure partie de sa vie en Égypte, son accent de *khawagueya* n'avait jamais cessé de malmener l'arabe. Je ne lui connaissais d'ailleurs pas d'autre interlocuteur régulier dans cette langue que le portier de l'immeuble, le livreur de bouteilles d'eau et bien évidemment Fatheya, aucun ne constituant une motivation suffisante pour en parfaire la maîtrise. Nesrine se défendait déjà mieux, même s'il apparaissait tôt ou tard que ce n'était pas sa langue maternelle. Pour ma part, je me sentais à l'aise dans l'une et l'autre : le français en classe et à la maison, l'arabe dans la cour de récréation. Comme Mémie les voyait en rivales (et que sa préférence ne faisait aucun doute), je regardais en cachette la télévision locale et remettais TV5 Monde dès que je l'entendais arriver. Elle souhaitait que je parle « avec style » et n'aurait sans doute pas hésité à me demander de reprendre cette phrase pour y redonner sa juste place à l'imparfait du subjonctif. Lorsque j'essayais d'en savoir plus sur sa définition du style, elle me lançait un regard énigmatique.

— Les fautes d'accord ou d'orthographe importent peu, tant que ce ne sont pas des fautes de goût ! On ne vous apprend pas ça, chez les Jésuites ? Tiens, regarde tous ces adverbes, as-tu vraiment besoin d'en aligner autant ? En voilà une belle faute de goût !

Je ne comprenais pas toujours le sens de ses bons mots, mais je savais quand lui adresser un sourire de connivence qui entendrait le contraire. Elle me demandait parfois de lui réciter l'un des trois ou quatre textes qu'elle m'avait fait apprendre par cœur. Elle gardait une prédilection pour celui de Victor Hugo où il était question d'une enfant punie que son grand-père rejoignait en cachette pour lui apporter discrètement un pot de confiture. Je me figurais mal Mémie cautionnant ce type d'agissements, mais elle semblait davantage indignée par ma prononciation approximative du mot *confiture* que par le rapport suspect du vieil homme à l'autorité. À bien y réfléchir, je crois qu'elle pardonnait plus facilement leurs écarts aux Français qu'à sa propre descendance. « Un jour, me disait-elle, nous irons à Paris ! » et, bien que cela ne se soit jamais produit, je crois qu'elle y songeait sincèrement. Elle avait découvert cette ville lors d'un voyage avec ses parents et en parlait avec un enthousiasme que je ne lui connaissais pas d'ordinaire.

Elle fermait les yeux et bougeait la tête, comme si cet artifice lui était nécessaire pour rappeler ses souvenirs.

Sous le ciel de Paris
S'envole une chanson
Elle est née d'aujourd'hui
Dans le cœur d'un garçon...

Elle chantait un peu faux, d'une voix plus grave que sa tessiture habituelle, et me regardait comme pour me transmettre ses rêves de grandeurs parisiennes.

Je n'ai découvert son vrai prénom que quelques jours après sa mort, en recevant de l'imprimeur les faire-part de son décès. Elle qui s'était toujours fait appeler «Tante Aimée» par les cousins et les amis proches portait en fait le prénom d'Amal. Amal: «espoir», qui se préférait Aimée. Cette métaphore de sa vie me laissa songeur.

Assis à mon bureau, je me débattais donc avec la seule langue capable de rendre un hommage à la mesure de ma grand-mère quand Fatheya surgit dans ma chambre. Elle n'avait pas pour habitude de courir dans les escaliers et sa respiration s'en ressentait.

— Tout va bien?

Elle referma la porte et la bloqua de tout son corps, les deux mains dans le dos maintenant fermement la poignée.

— Tu avais raison!

— De quoi tu parles?

— Tu avais raison pour Tarek! Il va venir.

Je la laissais parler. Je ne voulais pas m'emballer : le sujet était important et Fatheya coutumière des conclusions hâtives. Elle reprit :

— Tu sais, quand tu m'as posé la question, là, si ton père venait ? Je n'y croyais pas sur le coup, mais ça m'a fait réfléchir. Et puis j'ai croisé Nesrine qui se dirigeait vers la chambre de ta mère. Elle avait l'air préoccupée et Dieu, béni soit son nom, m'a soufflé de la suivre. Et c'est là que j'ai tout entendu ! J'imagine que ta mère va débarquer d'une seconde à l'autre pour t'en parler, mais je préférais que tu aies le temps de digérer la nouvelle avant…

Aussi vrai que Dieu-béni-soit-son-nom n'en était pas à son coup d'essai pour ce qui est de commander à Fatheya d'écouter aux portes, je savais que la véritable raison qui la poussait à me révéler cette information était sa fierté de m'en exhiber la primeur. Qu'importe, je ne l'interrompis pas.

— Elles ont commencé à parler toutes les deux. Je n'entendais pas bien et c'était surtout en français de toute façon, mais elles ont commencé à dire le nom de ton père, alors tu penses bien que j'ai écouté ! Bon, à un moment, elles ont parlé d'aéroport…

— D'aéroport ? Tu es sûre qu'elles ont dit « aéroport » ?

Fatheya lâcha la poignée de la porte et me tendit sa main tout en la déployant, paume vers le ciel, dans un geste théâtral. Elle contenait une feuille de papier qui se libérait péniblement de son étreinte moite. Je la dépliai et reconnus l'écriture de maman en une suite de caractères.

— C'est quoi, ça ?

— À ton avis ? Le numéro du vol !

— Ça vient du carnet de maman ?

— Mais bien sûr!

Elle avait prononcé ces mots avec l'air triomphant d'un chien ramenant un bâton de dynamite. Je la fis répéter :

— Faty, cette feuille vient du carnet de maman?

— Oui, ça vient du carnet de ta mère. Non mais sans blague! C'est tout ce que tu trouves à me dire? Ça m'apprendra à venir te...

Je la regardais, incrédule. Elle prit soudainement conscience de la situation.

— Oh merde! J'ai déchiré une feuille du carnet de ta mère!

Mon cerveau était en ébullition. Il fallait récupérer en vitesse l'embarrassant cahier, ensuite nous aviserions. Je vis Fatheya avachie sur mon lit, œil divagant et teint livide. Elle n'avait rien entendu de ce que je venais de lui dire ; je décidai d'y aller moi-même.

~

Je faisais mine d'être trop absorbé pour remarquer l'air préoccupé de maman lorsqu'elle pénétra dans ma chambre. Elle s'apprêtait à dire quelque chose quand elle remarqua son carnet sur lequel j'écrivais.

— Je le cherchais, justement...

— Ah? Pardon, j'avais besoin de papier pour le discours de Mémie.

Je pris mon air le plus détaché, elle son calepin. Elle me regardait sans vraiment m'écouter, comme si la vérité avait plus de chance de surgir de mon visage que de mes paroles. Elle s'assit sur le bord de mon lit, à l'endroit exact où le séant de Fatheya avait laissé une marque concentrique de tissu froissé, et fit défiler les feuillets sous la pression de son pouce jusqu'à atteindre les pages restées vierges de son carnet.

— J'avais écrit quelque chose, tu ne l'aurais pas vu par hasard?

Je cherchai la corbeille et dépliai une par une les boules de papier qui s'y trouvaient. Je terminai par la feuille que Fatheya avait arrachée et dont j'avais soigneusement raturé le verso pour lui donner l'aspect d'un anodin brouillon. En la lui tendant, je perçus un discret soulagement lui défroncer les sourcils.

Tout était rentré dans l'ordre. Ma mère avait donc le champ libre pour m'annoncer ton arrivée. L'occasion ne se représenterait pas. Elle m'expliquerait la signification de cette mystérieuse formule sauvée *in extremis* de la corbeille et que je ferais semblant de découvrir. Elle qui avait interdit à quiconque de te révéler mon existence, elle me dirait comment je te rencontrerais enfin.

Mon cœur était comprimé comme ces marmites de chou farci que Fatheya couvrait d'une assiette sur laquelle elle posait une lourde pierre. J'en contenais les battements, prêt à accueillir la nouvelle de maman avec le plus de détachement possible. Je feignis l'indifférence pour lui faciliter la tâche. Sans doute s'employait-elle à masquer pareillement ses sentiments, car rien ne transparaissait sur son visage. Il était évident que nous nous protégions l'un l'autre, tandis qu'elle cherchait à rassembler les mots qui changeraient nos vies.

33

Montréal, 2000

Lorsqu'il pénètre dans son bureau, son premier réflexe est d'enlever ses gants. Il arrache au dérouleur un morceau de papier brun pour s'éponger le front. Le néon continue à cracher par à-coups sa lumière blafarde puis se résout à s'allumer. Il laisse ses mains inertes de longs instants sous un filet d'eau tiède avant de commencer à les frotter énergiquement avec du savon liquide. Il tire une nouvelle feuille d'essuie-mains, sèche ses doigts puis s'abandonne sur la chaise de son bureau. Son corps tout entier semble s'affaisser dans une interminable expiration. Ces instants de relâchement ont une saveur particulière. Ils font suite à une longue intervention opératoire.

Une enveloppe jaune pâle se trouve sur son bureau. Il y introduit la lame d'une paire de ciseaux pour l'ouvrir. Dégrafée du curriculum vitæ d'un journaliste, la photographie d'identité d'un jeune homme s'en échappe. Elle a le contour crénelé d'un portrait professionnel. Il ne semble pas surpris en découvrant la lettre écrite en arabe qui l'accompagne.

Le Caire, le 2 juin 2000

Docteur,

Peut-être avez-vous reçu ma précédente lettre. Si tel est le cas, je vous prie par avance de m'excuser pour mon insistance. Je m'appelle Ahmed Naguib et souhaiterais pouvoir m'entretenir avec vous dans le cadre d'un reportage que je réalise sur les médecins de notre pays. Il me ferait grand honneur de pouvoir évoquer votre carrière et celle de votre père. Auriez-vous l'amabilité de me consacrer quelques instants dans les prochaines semaines?

Il regarde par la fenêtre de son bureau. Il est vingt heures treize, les gratte-ciel s'obstinent à refléter les derniers rayons du soleil. Les journées s'étendent avec la fin du printemps comme s'il leur restait des révélations à partager. Il inscrit des mots au dos de la photo puis froisse la lettre et le CV en une boule grossière qui atteint la poubelle au premier jet. Viviane surprend son sourire triomphant.

— Nice shot, *doc! Vous avez mérité votre soirée.*

Il ne relève pas le ton sarcastique et fait mine de la remercier en inclinant la tête.

— *La déclaration n'était pas à votre goût? Vous êtes sans pitié avec vos prétendantes!*

— *Vous êtes loin du compte, Viviane, glisse-t-il en lui tendant la photo du jeune homme.*

— *En effet... Notez qu'il est plutôt pas mal. Si j'avais quinze ans de moins...*

— *... vous vous rajeunissez. Je lui donnerais à peine vingt ans.*

Elle grommelle quelques syllabes inintelligibles et se racle la gorge :

— Vous le connaissez ?

— Non, c'est un journaliste. Je ne donnerais pas cher de ses articles, il a le ton obséquieux de l'Égyptien qui s'apprête à vous quémander de l'argent.

— Vous êtes dur avec votre pays, doc...

— La réciproque est vraie.

Elle hésite avant de reprendre :

— Vous avez jeté sa lettre mais gardé sa photo ?

— Superstition. On ne jette pas les photos des gens. On ne les déchire pas non plus. On ne vous a jamais dit ça ?

— Mais quand même... C'est courant dans votre pays d'envoyer une photo quand on veut écrire un article ?

Il répond à la question par un haussement d'épaules. Viviane prend discrètement congé sans qu'il y prête attention. Il éteint la lumière et ferme à clé son bureau. Au moment d'emprunter en sens inverse l'entrée principale du Royal Victoria, il adresse un signe de la main aux deux internes en pause devant l'accueil désert. Il s'arrête un instant à l'extérieur. Il est encore suffisamment proche du bâtiment pour en distinguer les relents d'asepsie. Il semble sur le point de rebrousser chemin. Il reprend finalement son trajet initial, traverse le stationnement et sort de l'enceinte hospitalière.

Il emprunte la rue University. La montagne offre ses dernières perspectives à mesure qu'elle se fond au centre-ville. Des maisons s'y tiennent sur la pointe des pierres, feignant d'ignorer la pente qui les supporte. Il regarde distraitement leurs façades dévorées par le lierre. Le fond de l'air est doux, il neige du pollen. Ses pas le conduisent à l'entrée du campus de l'Université McGill. Des étudiants sont assis dans l'herbe, d'autres se promènent nonchalamment, jeunesse en bandoulière et sac vissé sur le dos. Il en aperçoit qui font la queue devant l'entrée de l'un des bâtiments. Par curiosité, il s'approche de l'affiche placardée sur la porte vitrée. Elle annonce en anglais une conférence dont le titre se traduit par «Photons intriqués et autres mystères de la physique quantique». Il n'avait rien d'autre à faire ce soir-là.

34

Le Caire, 1999

— Rien? Même pas une allusion?

Fatheya tentait de mettre de l'ordre dans ses pensées par un hochement de tête mécanique. Pour ne pas éveiller les soupçons, elle avait noté précisément les allées et venues de ma tante et de ma mère afin de déterminer le moment le plus propice pour me rejoindre. La première était rentrée chez elle et la seconde parlait au téléphone avec sa mère; nous en avions pour une bonne demi-heure. On aurait dit une scène extraite de l'une de ces séries qui passent à la télévision pendant le ramadan pour faire patienter jusqu'au repas.

— Elle a forcément dit quelque chose, Rafik. Réfléchis!

— Elle m'a juste demandé où j'en étais dans mon texte pour l'église.

— Et concernant le papier?

— En fait... comme elle n'en parlait pas, j'ai fini par lui demander ce que c'était. Elle m'a juste dit que c'était la référence d'un truc qu'elle avait commandé d'Europe.

— Rafik, je te jure devant le Très-Haut que je l'ai entendue dire…

— Je sais. J'ai appelé l'aéroport. Ils m'ont confirmé que c'était la référence du vol de Montréal qui arrive demain.

Sans lui procurer satisfaction, cette confirmation la plongea dans ses pensées. Il était désormais établi que tu viendrais pour l'enterrement et que ma mère me le cachait délibérément. Fatheya finit par formuler une dernière hypothèse, semblant chercher les mots qui me blesseraient le moins :

— Mettons qu'il soit au courant qu'il a un fils… Il aura simplement demandé à ta mère de ne pas te dire qu'il serait là. Pour ne pas te faire de peine…

— Et quoi? Tu crois vraiment qu'il espère passer inaperçu après quinze ans d'absence? C'est bon, Faty, arrête. C'est maman qui a insisté pour que je lise un texte à la messe, c'est elle qui a inventé n'importe quoi pour cacher les coordonnées de son vol… La vérité, c'est qu'elle cherche à l'humilier en lui faisant découvrir mon existence le jour de l'enterrement de sa mère.

Acculée à l'évidence, elle renonça à contre-argumenter. Elle appuya ses paumes contre ses yeux, comme au début d'un mal de tête, et marmonna :

— Tu as toujours réfléchi comme un adulte. Je ne sais pas où est passée ton enfance…

J'avais eu quelques heures de plus que Fatheya pour parvenir à ces conclusions, pour savoir qu'aucune autre ne pouvait expliquer le comportement de ma mère. Quelques heures pour mesurer enfin son amertume recuite et la volonté de revanche qui s'en était nourrie. L'impression, peut-être, de s'être fait gruger son existence. D'une certaine manière, ne l'avais-je pas moi-même ressentie ?

Je lui en voulais. Elle aurait pu choisir de mêler nos colères, cela nous aurait sans doute rapprochés. Elle avait préféré une vengeance égoïste dont je deviendrais l'instrument. Elle m'avait élevé au fil des années comme un couteau que l'on aiguise patiemment ; une arme qui n'aurait qu'une seule occasion d'atteindre sa cible. Je n'étais déjà plus un enfant à ses yeux. À mon insu, j'étais devenu un homme. Un homme qui ressemblerait à celui qui avait brisé ses rêves. Un homme qui finirait de toute façon par la quitter. Un homme qu'il valait mieux sacrifier avant. Mira-Infanticide.

Dans un mélange de colère et de désespoir, je repensai soudain à Mémie. Elle n'aurait jamais laissé faire cela. Je me rendais compte que les dernières heures n'avaient été qu'un malentendu : c'était maintenant, à cet instant précis, qu'elle quittait ce monde. Mon deuil pouvait commencer. Je m'imaginais dans cette église, récitant mon texte sous le regard de ceux qui t'avaient déjà reconnu et attendaient le drame annoncé dans un silence complice. Au lieu de m'en préserver, maman me demandait de rédiger l'acte d'accusation d'un procès qui aura mis quinze ans à se tenir. Je n'étais qu'une victime collatérale, un idiot qui passe sa vie à écrire sa douleur à des absents. J'étais de nouveau envahi de haine. La reine était morte, pas encore enterrée, et pourtant la partie d'échecs venait à peine de commencer. Elle serait sanglante, ne compterait que des perdants.

Le poing serré, je me mis à frapper contre le mur. Fatheya s'agrippa à mon bras pour le retenir. Elle parvint à me maîtriser. Je me laissai tomber contre elle, incapable d'articuler quoi que ce soit. Je m'étais ouvert au niveau de la phalange. Le sang commençait à jaillir, préférant cette soudaine lumière à la prison de mes veines. Inerte, je le regardai s'écouler lentement ; il épousait un tendon pour tracer son sillon écarlate avant de mourir asséché. Je pleurais de rage, j'étais épuisé. J'avais mille ans.

~

Les heures étaient comptées, rien ne pouvait être laissé au hasard. Je sautai le repas du soir et me tus durant la matinée suivante, me contentant de répondre par un mouvement de tête aux questions que l'on me posait. Ma mère mettait mon silence sur le compte du deuil. Cela m'arrangeait. Pour qu'elle baisse sa garde, je lui avais montré mon texte rédigé pour l'enterrement. Elle l'avait parcouru en silence, les lèvres remuant à peine. Elle avait souri puis conclu sa lecture d'un anodin « c'est très bien » avant de me passer une main dans les cheveux comme on caresse un chien pour le stimuler avant une partie de chasse. Rien dans son regard ne semblait trahir le moindre remords. C'était égal, mon énergie était ailleurs. La présence de tante Nesrine pour finaliser les préparatifs de l'enterrement détournait providentiellement l'attention générale de ma personne. J'en profitais pour échafauder mon plan à l'abri de leurs regards, emmuré dans une forteresse de silence où Fatheya était seule admise. Elle venait d'ailleurs de se voir demander de ranger l'appartement de Dokki en vue de l'arrivée, le jour même, d'un « proche » venu assister à l'enterrement. Elle s'était naturellement gardée de poser toute question sur son identité.

Une inconnue subsistait : Nesrine irait-elle te chercher ? Remonterait-elle avec toi dans l'appartement de Mémie ? Les réponses s'imposèrent d'elles-mêmes :

nul ne semblait s'affairer à l'approche de ton arrivée. Comme le faisait Mémie chaque fois que nous recevions de la visite de l'étranger, j'ai appelé l'aéroport – celui d'où nous ne partirions jamais, elle et moi, pour Paris. Ton avion était à l'heure. Au moment où tu étais censé fouler le tarmac, personne n'avait quitté la maison ; c'était acquis : tu arriverais par tes propres moyens. Je m'apprêtais à rejoindre l'appartement de Dokki, les lettres d'Ali soigneusement rangées par ordre chronologique dans une pochette étanche. Elles étaient ma relique sacrée, mon seul lien tangible avec toi. J'eus un pincement au cœur à l'idée de devoir m'en départir, mais ce contre quoi je les troquerais était autrement plus précieux. Ali y évoquait souvent sa mère, je prévis donc un détour pour acheter un bol d'*Oum Ali*. Tu comprendrais ainsi, en les trouvant, que cette mise en scène était intentionnelle. J'en avais confié les grandes lignes à Fatheya qui se chargerait de me couvrir si on s'étonnait de mon absence. Elle me serra dans ses bras au moment où je quittais la maison. J'étais déjà ailleurs.

35

Jusqu'à ses derniers jours, Mémie prenait un goût certain à me transmettre ses principes de vie, se donnant volontiers en exemple. Elle enrobait le tout de quelques aphorismes plus ou moins inspirés pour me le servir sous le nom pompeux de philosophie. Il s'agissait d'une science sociale en cela qu'elle n'avait d'autre objet que de lui permettre de briller en société, une discipline où l'effet produit par une formule pouvait compenser toutes les approximations. Comme on pouvait s'y attendre, le choix des mots était primordial. Ainsi, elle ne parlait jamais de «hasard», préférant invoquer le «destin» pour exprimer, quoique plus noblement, la même idée. J'ai longtemps cru qu'il s'agissait d'une simple coquetterie langagière pour finalement comprendre que la nuance avait son importance. Mémie n'ayant pas pour habitude de se ranger aux côtés des perdants, elle avait trouvé en ce terme un allié sûr, qui gagnait à tous les coups. Le destin justifie les épreuves et confère aux réussites un semblant d'élection divine, alors que le hasard donne aux premières des allures d'imprévoyance tout en vous retirant le crédit des secondes. D'ailleurs, que peut-on contre le destin? «Rien», tranchait invariablement Mémie en réponse à sa propre question rhétorique. *Mektoub*. Tout est écrit d'avance, nous ne faisons qu'exécuter une partition dont les notes nous sont transmises au moment de les jouer, les suivantes demeurant un mystère aussi entier que la mélodie qu'elles composeront. Pour elle qui avait consacré un pan considérable de sa vie à combiner, machiner, ourdir et dénouer, le destin était bien plus qu'une superstition : c'était un précieux alibi.

Cela ne soulevait pas en moi d'enthousiasme particulier mais, la voyant fière d'exposer ses théories, je lui offrais du regard ce qu'il fallait de soutien pour qu'elle poursuive son exposé. À mi-chemin entre l'avertissement et le bilan de sa propre existence, elle concluait alors généralement d'un air résigné : « Tu sais, Rafik, vouloir influencer l'avenir, c'est au mieux s'épuiser vainement, au pire risquer de déplaire au bon Dieu. » Il me faut d'ailleurs préciser un point : s'il était acquis que le Dieu de Mémie n'était pas de ceux que l'on contrarie impunément, le qualificatif *bon* ne se référait aucunement à sa supposée miséricorde. Plutôt au fait que, contrairement à la majorité de ses concitoyens, elle avait la clairvoyance de ne pas se tromper d'interlocuteur céleste.

À la veille de son enterrement, je me suis demandé si je ne m'étais pas mis à dos le bon Dieu de Mémie en tentant de t'approcher. Quand tu m'as violemment repoussé dans la rue, sans même soupçonner mon identité, j'ai regretté un instant de n'avoir pas prêté plus d'importance aux superstitions de ma grand-mère. Qu'espérais-je avec ces lettres, cette mise en scène? D'où m'était venue l'arrogance de croire que je pouvais anticiper tes réactions alors que j'ignorais tout de toi? J'avais tenté d'accélérer les aiguilles du temps, cherchant à provoquer notre rencontre avant l'heure qui lui était dévolue, et je ne tarderais pas à payer pour cette audace.

Je me préparais aux funérailles avec l'émotion anesthésiée et le pas machinal du condamné qui se rend à l'échafaud. Je tenais en main la feuille sur laquelle était écrit le texte qu'il me faudrait bientôt lire devant toi. J'aurais voulu que le Dieu encoléré de Mémie me foudroie dans le secret de ma chambre, mais il semblait préférer une exécution publique. J'étais désespérément seul. À peine avais-je su trouver quelques mots pour expliquer à Fatheya ce qui s'était passé quand nous nous étions croisés. Ou plutôt ce qui ne s'était pas passé.

~

Je découvrais, en arrivant à l'église, le cercueil en bois dans lequel ma grand-mère reposait. Il me semblait déraisonnablement petit; j'aurais juré que mes bras tendus à l'horizontale en surpassaient la longueur. Je n'ai pas eu l'occasion de le vérifier. Des saints ornaient de leurs visages inquiétants l'imposante iconostase qui séparait la nef du sanctuaire. Ils observaient Mémie dans sa boîte. Ils savaient forcément tout de la scène qui allait se jouer devant eux. J'essayais de trouver un indice dans leur air pénétré mais ils ne laissaient rien transparaître. Ils semblaient drogués à l'encens; ils feignaient l'indifférence, drapés dans leur sainte hypocrisie.

L'église se remplissait peu à peu. Les hommes avaient l'apparence soignée, les femmes l'affliction rayonnante. Elles me touchaient la tête dans un élan d'empathie surjouée. En quoi mon deuil leur accordait-il le droit de passer leurs doigts dans mes cheveux? Il me laissait au moins celui de ne pas leur sourire en retour. Tout ce que Le Caire comptait de robes en satin noir se massait dans les rangs en bois. Le prêtre souriait d'ivresse à la vue de ses riches ouailles venues en nombre. Il me vint furtivement à l'esprit que Mémie n'aurait manqué pour rien au monde un tel rassemblement. C'était une pensée d'autant plus inepte qu'elle se trouvait bien là, comme à son habitude, au centre de toutes les attentions.

Sachant désormais à quoi tu ressemblais, je me retournais parfois pour voir si tu étais arrivé. Je tentais de ne pas penser au moment où l'on m'appellerait pour monter au pupitre lire mon texte. De quoi aurais-je l'air lorsque le prêtre me présenterait comme ton fils? Lequel de nous deux serait le plus humilié? Ferais-tu le lien avec ce garçon qui avait tenté de t'aborder dans la rue la veille? L'église était maintenant pleine et je renonçai à te chercher dans cette foule compacte. Je m'y sentais prisonnier comme les chefs mamelouks pris au piège de la citadelle du Caire, au siècle dernier. Il me revint l'image de la pierre fendue par le sabot d'un cheval, que l'on nous montrait lors des excursions scolaires. Elle traduisait le désespoir du cavalier qui s'était jeté du haut des remparts, préférant une mort choisie à celle qu'on lui réservait. À cet instant précis, j'aurais troqué mon royaume de pacotille pour un cheval.

La cérémonie débuta par une note étirée d'orgue. Maman souffla quelques paroles à l'oreille de Nesrine, nous étions tous au premier rang. Le prêtre entonna les premiers mots en chantant d'une voix grave l'une de ces mélopées improvisées propres aux hommes d'Église. À quoi bon s'embarrasser d'une partition quand on déclame la divine parole? Tu devais te trouver à quelques mètres de moi, assommé par la même complainte amélodique que moi. Nous partagions au moins cela. Cette pensée apaisait presque mon désespoir. Je n'écoutais rien de cette cérémonie. Que m'aurait-elle appris sur ma grand-mère? Je la connaissais mieux que n'importe qui dans cette église. À part toi, peut-être.

Et pourtant, nous n'avions pas le moindre souvenir d'elle en commun.

L'encens dansait insolemment autour du cercueil que l'on mettrait bientôt en terre. Il s'essoufflait à quelques décimètres de nos têtes, recrachant ses relents capiteux. Il était évident qu'il ne cherchait pas à atteindre les dieux, tout juste à rassurer les hommes. Maman me saisit par les épaules, comme un enfant assoupi que l'on réveille en classe. C'était à moi de prendre la parole. Je m'avançai vers l'autel, pris le temps de marquer une génuflexion, me signai méthodiquement. Au nom du Père, du Fils. Je gravis les quelques marches qui menaient au pupitre, réajustai le micro, dépliai le texte qui attendait, froissé, dans ma poche. Je ne cherchai ni ton regard ni celui de ma mère. Je détournai mes yeux de la trop courte caisse où Mémie devait se contorsionner. Je ne laissai ni l'émotion ni l'encens s'emparer de ma gorge. Je lus mon texte sans trembler. J'étais aussi seul que je l'avais toujours été.

∼

Le cataclysme annoncé n'eut pas lieu. Juché sur mon pupitre, je ne perçus aucune fébrilité s'emparer de l'assemblée. Pas de souffle retenu, de visage retourné en ta direction, de chuchotement excité, de malaise palpable, rien. Guère plus au moment de quitter les lieux. Simplement quelques vieilles venant me féliciter pour mon texte, les yeux rougis d'émotion, peut-être de se savoir les prochaines à inspirer un éloge funèbre. Aucune trace de toi.

Mille hypothèses se bousculaient dans mon esprit encore agité. Se pouvait-il que l'homme croisé au bas de l'appartement de Mémie ne soit pas toi? Qui, alors? Un vague parent qui n'aura pas compris qu'on l'accueille avec un bol d'*Oum Ali* et une pile de lettres cryptiques? Mais alors, ce vol en provenance de Montréal? Tu étais forcément dans l'assistance au moment où je lisais mon texte. À moins que tu aies manqué ton avion...

Je remarquai Fatheya à la sortie de l'église. Je pressai le pas vers elle.

— Faty, tu l'as vu?

Elle eut un mouvement affirmatif de la tête. Mon cœur se remit soudain à battre.

— Mais alors, il est où? Pourquoi il n'est pas venu me parler? Il a réagi comment quand j'ai lu mon texte?

— Il ne t'a pas entendu, Rafik. Je l'ai attendu devant l'église et je lui ai conseillé de ne pas y entrer.

Je ne compris pas tout de suite que Fatheya venait de m'éviter ce moment que j'avais tant redouté. Étrangement, je n'en tirais ni soulagement ni gratitude. Je pris une longue respiration.

— Faty, je voudrais lui parler. Juste quelques instants. Tu fais le guet devant l'appartement, je monte le voir quinze minutes. Quinze, pas plus. Après, je ne te demande plus rien, promis...

Elle me coupa:

— Il est parti...

— Comment ça, parti? Il est déjà à l'aéroport?

— Non, au Saïd.

Elle n'attendit pas ma question pour y répondre de deux mots: «Retrouver Ali.»

36

Montréal, 2000

Il est assis devant son ordinateur. Seules ses pupilles bougent, horizontalement, rivées sur son écran. Il contracte sa mâchoire, appuie longuement une touche du clavier puis se met à en frapper d'autres de ses deux mains. Il s'arrête. Relit une dernière fois. Prend une feuille et commence à écrire de droite à gauche. Son regard alterne entre son écran et sa feuille. L'écriture est laborieuse, elle a une inclinaison qui n'est pas courante pour des caractères arabes. Presque enfantine. Il déchire une première page puis recommence.

Montréal, 21 juillet 2000

Monsieur,
    J'ignore de quelle manière vous avez obtenu mes coordonnées. Je ne souhaite pas participer à votre article et vous remercie par conséquent de ne plus m'écrire.
    Dr Tarek Seidah

Il se relit une dernière fois avant de mettre sous pli la missive. Il ouvre un tiroir de son bureau et en retire une photo. Il la scrute un instant puis la retourne et recopie sur l'enveloppe l'adresse qu'il y avait inscrite. L'enveloppe reste posée sur un coin de son bureau. Il reprend son travail là où il s'était arrêté.

37

Le Caire, 1999

— Mon Dieu, Fatheya ! Tu n'as pas changé…

Bien sûr qu'elle avait changé. Vous aviez changé l'un et l'autre, la lame du temps creusant immanquablement ses sillons sur les visages comme dans les esprits. C'était une manière de lui dire que tu l'avais reconnue au premier regard. Elle te fit signe de la suivre, à l'écart de l'entrée. Tu lui emboîtas le pas sans chercher à la questionner. On entendait de l'extérieur l'orgue retentir pour annoncer aux hommes que le Très-Haut allait prendre la parole et leur rappeler que la poussière retourne à la poussière. Tu préférais sentir le vent de mars soulever le parfum de Fatheya qui te rajeunissait de quelques décennies. Le même parfum sur une femme vieillie. Elle avançait avec moins d'assurance que par le passé, la démarche ponctuée de soupirs qu'elle n'avait même plus conscience d'émettre. Bien sûr qu'elle avait changé.

Elle te demanda depuis combien de temps tu n'avais pas mis les pieds ici. Tu te sentis comme un enfant pris en faute, tout à la fois honteux et soulagé de ne plus porter seul son secret. Elle te dit que tu leur avais manqué. Ce n'était pas un reproche. Les mots ne cherchaient pas à sous-entendre plus que ce qu'ils disaient, ils se suffisaient à eux-mêmes.

— C'est Mira qui a le plus souffert. Elle ne méritait pas ça, Tarek. C'est une fille bien, tu aurais dû prendre le temps de lui parler. Quand ça ne va pas, on parle, on parle aux gens! On essaye de réparer ce qui peut l'être, on ne démissionne pas comme ça...

Tu allais commencer à te justifier, mais elle baissa les paupières pour te dire que ce n'était pas nécessaire.

— Tu as vu, pour les lettres?

— Fatheya... c'était toi?

— Non, mais quelle importance? Il fallait bien qu'elles finissent par te parvenir.

Tu ne cherchais plus à deviner où vous conduiraient les prochaines minutes. Tu te contentas d'une longue inspiration comme il s'en prend au début d'un effort dont on sait qu'il aura raison de nos dernières ressources. Les yeux clos, tu laissais l'air du Caire t'emplir les poumons à mesure que tu rassemblais les mots pour raconter ton escapade de la veille.

Tu t'étais rendu au Moqattam en début de soirée, pour avoir le plus de chances de trouver Ali. Tu serrais contre toi ses lettres, précieux talisman censé te guider vers leur auteur. Tu avais commencé par la maison où il vivait avec sa mère, mais il n'en restait plus que les murs nus. Même les battants en bois des fenêtres avaient été démontés. Là-bas, tout se recycle. Tu fis quelques pas à l'intérieur et constatas que plus personne n'y habitait depuis longtemps. Tu jetas un regard circulaire, comme à la recherche d'un objet rescapé du passé. Une photo encore accrochée sur un mur, une cassette usée de Mohamed Mounir... rien. Tu tentas de te remémorer la disposition des meubles, l'odeur du taro mijotant sur la gazinière, le bruit que produisaient vos rires... La réalité froide dans laquelle tu te trouvais était à ce point dissemblable à ton souvenir que tu en vins à douter d'être au bon endroit. Tu pris alors conscience que tu te tenais à l'emplacement exact où, seize ans plus tôt, se trouvait le corps inerte de la mère d'Ali dont tu n'avais pu que constater le décès. Tu respirais désormais avec difficulté. L'air semblait vicié par un mal invisible. La mort, pensas-tu. Ou, pire encore, l'absence de vie. Tu eus soudain la sensation de violer, par ta présence, un lieu sacré. Une église où l'on ne prierait plus depuis des siècles. Le temple d'un dieu en qui plus personne ne croit. Tu repartis aussitôt.

Tu pris la voiture que l'on t'avait prêtée en direction du dispensaire où tu soignais naguère les habitants du quartier. Peut-être pour te souvenir que tu avais fait le bien, sur cette montagne, et te laver ainsi du sentiment de profanation que tu venais d'éprouver. Peut-être pour trouver quelqu'un qui saurait te renseigner au sujet d'Ali. Peut-être pour aucune de ces raisons. Tu empruntas à rebours le chemin qu'il t'avait indiqué, la première fois que vous vous étiez rencontrés ; un chemin que tu avais parcouru cent fois depuis. Sur la route, tu aperçus la clinique islamique qui se bâtissait au moment de ton départ et dont la construction semblait n'avoir jamais été achevée. Tu garas ta voiture sur le côté droit, comme tu en avais jadis l'habitude, et regardas furtivement par la fenêtre. La nuit tombante soustrayait à ta vue l'intérieur du bâtiment ; tout te semblait en place comme au dernier jour où tu t'y étais rendu. À peine avais-tu posé ta main sur la poignée qu'une voix grave retentit, encouragée par des aboiements. «Hé, toi, qu'est-ce que tu cherches?» Les mots de l'homme se confondaient aux cris de ses molosses excités. Tu fis un geste d'apaisement à mesure qu'il approchait. Il te dévisagea, incrédule, puis calma ses chiens d'un énergique claquement de laisse. «Docteur? C'est toi, docteur?» Il te fallut quelques instants pour reconnaître le fils de Moufid, qui accompagnait son père lorsqu'il te consultait pour ses doigts arthritiques. Quand il eut la certitude qu'il s'agissait bien de toi, il agita les clés du local qu'il conservait depuis plus de quinze ans à son trousseau. Craignant que personne ne le croie ou, pis encore, qu'on lui reproche de ne pas avoir su te retenir, il se mit à crier de la voix qui t'avait fait sursauter quelques minutes plus tôt: «Venez, *ya gamaa*! Venez vite, le docteur est revenu! Vous voulez quoi? Que je vienne vous chercher un par un? Dépêchez-vous!»

Ils commencèrent à arriver. Les premiers, curieux, croyaient à une blague. Un groupe de dames approcha à pas forcés. L'une d'elles tira sur ta manche pour que tu te retournes. Quand elle te reconnut, elle prit ses joues rougissantes entre ses mains comme si elle venait d'assister à une apparition. Ils furent bientôt plusieurs dizaines à vous entourer. Dans l'obscurité de la nuit, tu tentais de distinguer leurs traits. Certains visages t'étaient familiers, sans que te reviennent forcément les prénoms, d'autres t'apparaissaient pour la première fois. Une voix éraillée surgit de la foule: «*Ya doctur,* tu es revenu pour de bon?» Tu ne parvenais pas même à voir la personne qui venait de t'interpeller. Comme aucun mot ne franchissait plus ta gorge, tu te contentas d'un signe négatif de la tête. Alors une femme se mit à taper dans ses mains et entonna cette chanson en arabe de Dalida que tu faisais jouer dans ton cabinet. Cette chanson que Sadate écoutait dans l'avion qui le ramenait de ses déplacements officiels. Cette chanson que tout un peuple connaissait par cœur, que tu n'avais plus entendue depuis des années.

Un ou deux mots...

Ils répondirent en chœur :

Il est beau, mon pays !

Il y eut un silence et tous reprirent d'une seule voix :

Une ou deux chansons
Il est beau mon pays !
J'ai toujours eu l'espoir
D'y revenir un jour
Et d'y rester à tout jamais...

Tu écoutais ces paroles comme pour la première fois. Tu aurais été incapable de chanter avec eux. Tu distinguas dans la foule une femme et la reconnus aussitôt : Amira. Tes lèvres écrivirent son prénom à mesure que tu posais ta main sur ta tempe gauche, à l'endroit où naissaient les migraines qu'elle te décrivait jadis en consultation. Son rire éclata au milieu des chants...

Les souvenirs du passé
Mon pays, je les conserve
Mon cœur est empli d'histoires

Tu fermas les yeux pour n'entendre que leurs voix mêlées. Cela ne suffit pas à contenir tes larmes.

J'ai connu mon premier amour dans mon pays

Je ne pourrai pas l'oublier
Où sont passés les vieux jours,
Avant ton adieu ?

Il arrivait que certains se trompent dans les paroles, ils se raccrochaient aux fins de phrases ou applaudissaient simplement en rythme, encouragés par l'émotion qu'ils lisaient sur ton visage. Tu posas ta main sur ta poitrine en signe de gratitude. Comme si quelques notes pouvaient changer le cours des choses, ils se prirent un instant à croire que tu reviendrais sur ta décision.

Une ou deux chansons
Il est beau mon pays !
Où donc est l'amour de mon cœur ?
Il était loin de moi
Et chaque fois que je chante,
Je pense à lui…

Tu décrivais la scène à Fatheya sans la regarder, comme si tu te la racontais plus qu'à elle. Tu sentais l'émotion te gagner à mesure que tu la revivais.

— Les rares à se souvenir encore de lui m'ont dit qu'ils ne l'avaient pas revu depuis des années. Et ces lettres… il n'y a pas d'adresse sur les enveloppes. Bon sang, comment est-ce possible, Fatheya ? Il est mort !

Elle se tourna en direction de l'église, leva les yeux au ciel et prit sa voix la plus basse, comme si elle craignait que, de son cercueil, sa patronne la surprenne à parler d'elle dans son dos.

— Ta mère le voyait comme un danger, lui pensait qu'il allait gâcher ta vie si votre histoire continuait… Ils se sont mis d'accord.

— Mis d'accord?

— Oui, ils se sont arrangés. Elle l'a envoyé loin, il a promis de ne pas chercher à te revoir.

Tu pris une longue respiration. Tu commençais à comprendre mais te gardais de sauter aux conclusions.

— Et ces lettres, alors?

— Quand il a appris que tu avais quitté Le Caire, que cette histoire de fausse mort n'avait servi à rien, il a demandé à ta mère si elle accepterait qu'il t'écrive. Il se sentait coupable, il voulait que tu saches la vérité. De toute façon, tu n'étais plus là, qu'est-ce que ça aurait changé? Ta mère a d'abord refusé puis elle a craint qu'il se mette à te chercher. Alors elle a fini par prendre ses lettres quand il venait au Caire. Elle lui faisait croire qu'elle te les transmettait, que tu n'étais simplement pas prêt à lui répondre...

Cela faisait des années qu'elle s'était préparée à la question qui suivit:

— Et aujourd'hui, tu sais où il est?

— Oui. Enfin, je crois... Tu te souviens du docteur Darwich?

— L'ami de papa?

— Il a ouvert une école de médecine du côté de Sohag, dans le Saïd, il y a quelques années. Ta mère l'a envoyé là-bas.

Tu ne disais rien. Tu te sentais étranger à ta propre histoire. Tu refusais de te laisser envahir par ce nouvel espoir, tentant de séparer le bon grain de l'ivraie, comme dans cette parabole sur le royaume des cieux qu'un prêtre déclamait dans l'église où vous auriez dû vous trouver. Puis celui-ci se tut. Après un silence, Fatheya crut percevoir au loin ma voix récitant le texte que j'avais écrit pour Mémie. Tu n'écoutais pas. Elle faillit ajouter quelque chose mais se retint. La foule entama un *Gloria Patri* de sa voix confuse, concassée par les murs de pierre.

Gloire au Père,
Et au Fils…

Tu étais déjà reparti. Sans que je puisse m'en douter, tu venais de nouveau de m'échapper. J'avais cessé de te chercher du regard parmi la foule. Ils se trompaient, ils se trompaient tous : le vrai drame ne se jouait pas autour de ce cercueil orné de lys piqués, mais ailleurs. Bien au-delà des fumées d'encens.

… Pour les siècles des siècles.
Amen

38

À l'heure où l'on mettait ta mère en terre, tu rejoignais la gare centrale du Caire. Tu achetas le premier billet pour la Haute-Égypte; ton train partait dans le quart d'heure. Assis sur un tabouret, un garçon écoutait la radio en surveillant ses deux étals où s'exposaient journaux et aliments en sachet. L'installation de fortune annonçait fièrement «Grand Magasin international». Tu n'avais pas mangé de la journée. Tu lui achetas un sac de chips et lui dis de garder la monnaie. Ta voix était couverte par le bruit de ton train entrant en gare. Ce ne serait pas le premier départ précipité que l'on te reprocherait. Qu'importe, ils étaient assez nombreux pour célébrer la mort; tu préférais rejoindre la vie.

Tu aurais voulu dormir pour ne te réveiller qu'à la gare de Sohag, mais trop de pensées tenaillaient ton esprit. Tu décidas de relire ses lettres. Tu le comprenais désormais : elles étaient un rendez-vous qui ne comportait ni lieu ni date. Tu avais fini par trouver le lieu, le destin avait décidé de la date. Quatre ans après sa dernière lettre, quand, lassé d'attendre tes réponses, il avait renoncé à t'écrire davantage. C'est au moment où il n'espérait plus vos retrouvailles que tu réapparaîtrais. À cette image, tu souriais comme un enfant.

Ali. Tu revoyais ce visage auquel tu t'étais interdit de repenser depuis des années mais qui ressurgissait parfois la nuit. Tu devais rêver de lui tout comme j'ai longtemps rêvé de toi. Les songes ne servent qu'à ça: ranimer les absents. Il t'apparaissait au milieu de nulle part; tu cherchais à le prendre dans tes bras, mais cet effort te tirait de ton sommeil. Ta vision disparaissait comme une flamme qui ploie sous le souffle et finit par s'étouffer. Retranché dans ton lit, tu l'observais se consumer, à la fois tragique et apaisante. Des larmes hésitaient alors, à la commissure de tes paupières.

Ali, vivant… Se pouvait-il que ton subconscient ait toujours su que sa mort était factice? Qu'il ait percé à jour le stratagème imaginé par ta mère? Elle était responsable de ce qui t'arrivait et pourtant son évocation ne soulevait aucune amertume en toi. À quoi bon en vouloir aux morts? Ton cœur ne portait pas de rancune; il ne battait que pour les prochaines heures.

Tu t'étais gardé d'avertir le docteur Darwich de ton arrivée. Il ne fallait pas courir le risque qu'Ali sache que tu venais. Qui sait quelle aurait pu être sa réaction? Peut-être t'en voulait-il d'avoir laissé sa correspondance sans réponse? Ou bien craindrait-il un piège tendu par ta mère? Tu préféras chercher dans ses missives un indice sur ce que seraient vos retrouvailles. Tu tentais de projeter un cadre idéal pour ce moment. Valait-il mieux laisser la lumière du jour éblouir son visage ou bien attendre le soir pour abriter vos confidences? Et s'il te demandait de rester avec lui? Aurais-tu le courage de poser ta valise pour de bon? Tu finis par te dire que oui. Vous reprendriez le cours de votre vie à l'endroit exact où elle s'était arrêtée, en espérant qu'il en irait de votre rupture comme de ces maladies qu'il suffit de contracter une fois pour n'en plus jamais craindre les effets.

Tu savouras quelques instants la douceur de cette image avant qu'elle ne fasse naître en toi une certaine appréhension. La crainte, instillée dès l'enfance, que trop en demander au ciel finisse par attirer le mauvais œil. Et s'il avait quitté Sohag? Après tout, comment être sûr qu'il n'ait pas changé de ville au cours des quinze dernières années? Il aurait pu devenir médecin, racheter la pratique d'un confrère dans une campagne voisine. Tu te rassuras : le cas échéant, le docteur Darwich saurait certainement te renseigner. Et s'il avait rencontré quelqu'un depuis sa dernière lettre? Il devait avoir quoi? trente-six ans? Il était beau, nul doute qu'on le convoitait. Ton cerveau se perdait en conjectures désordonnées, chaque interrogation en entraînant quantité d'autres. Comment se faisait-il que cette pensée ne se soit pas insinuée plus tôt dans ton esprit? Peut-être même était-il marié, à la tête d'une famille. Trente-six ans… le voilà devenu plus vieux que tu ne l'étais à l'époque de votre rencontre. Quelles étaient tes aspirations à cet âge-là? Conservais-tu encore quoi que ce soit en commun avec ce médecin de Dokki fraîchement marié et qui n'aurait pu imaginer cette liaison aux conséquences dévastatrices? Pas grand-chose, à part peut-être ce frisson inchangé au moment de retrouver le même homme. Ali marié? Tu souris à l'évocation de cette image. Il se moquait bien assez de ton confort bourgeois; ce n'était pas le genre d'oiseau à se laisser mettre en cage! Admettons, pas de femme, pas d'engagement… se pouvait-il alors qu'il aime un autre homme? Un Saïdi aux yeux sombres avec qui il rejouerait vos valses clandestines. Cette dernière hypothèse enveloppait tes pensées d'un voile mélancolique.

Tu cherchas à te raisonner. Si Ali t'apprenait qu'il aimait un autre homme, s'il avait trouvé ailleurs la douceur qu'il méritait, tu ne devrais laisser aucune déception ternir vos retrouvailles. Tu remercierais le destin de l'avoir remis sur ta route et mesurerais la chance de le savoir vivant et comblé. C'était décidé, s'il devait t'annoncer son bonheur, tu ne laisserais aucune tristesse s'emparer de ton visage. Tu te contenterais de le prendre dans tes bras, peut-être pour la dernière fois, et cette dernière fois que la vie t'avait refusée quinze ans plus tôt n'aurait pas de prix. Tu le serrerais contre toi, tentant discrètement de capturer son odeur, et tu choisirais des mots simples, des mots sans ambiguïté. Tu lui dirais que c'est une merveilleuse nouvelle. Oui, voilà, tu le formulerais ainsi : « C'est une merveilleuse nouvelle, Ali. Je vous souhaite une belle vie d'amour à tous les deux. » En le disant, tu sourirais pour ne pas qu'il doute de ta sincérité. Tu sourirais trop, tu sourirais faux, mais tu sourirais. Des noirceurs insondables de ton âme, tu envierais la chance insensée de cet autre, mais tu ne cesserais pas pour autant de sourire. Et tu partirais.

∼

Je demandai à Fatheya si tu croyais en Dieu. Je la découvris plus terrifiée encore que le jour où j'avais prononcé devant elle le nom d'Ali. « Bien sûr qu'il croit en Dieu ! » me répondit-elle en se signant trois fois comme pour préciser au Très-Haut qu'il s'agissait d'un malentendu, que l'affront était réparé et qu'il ne se trouvait que d'honnêtes chrétiens dans la pièce où nous nous parlions. « Et pourquoi il ne croirait pas en Dieu, hein ? » À question absurde, question absurde et demie.

La charge de la preuve incombait désormais à l'accusation.

Je ne lui en voulais pas, le doute est l'ennemi de longue date des religions. Elles glorifient celui qui, sur injonction divine, assassinerait son fils sur les hauteurs du mont Moriah et pointent la faiblesse de cet autre qui a besoin de voir pour croire. Ma question se voulait pourtant innocente : je me demandais si tu avais aussi un père invisible à qui il t'arrivait de t'adresser.

Tu quittas Le Caire en esquivant les derniers hommages à ta mère, sans entendre chacun souhaiter qu'elle repose en paix, avant de pouvoir constater l'ineptie de ces vœux-là. Tu savais bien qu'elle n'avait pas de repos paisible, elle qui, même après la *molokheya* dominicale, ne dormait jamais que d'un œil. À quoi bon souhaiter aux gens des états qui ne leur ressemblent pas ? L'idée d'un paradis où m'attendrait une Mémie différente de celle que j'ai aimée me parut soudain vaine. D'ailleurs, quel âge aurait-elle, là-haut ? Celui de la mère que tu avais connue ou celui de la grand-mère que je venais de perdre ? S'il y a une vie après la mort, tant mieux, mais j'ai vécu de trop d'hypothèses pour m'en faire imposer une de plus.

Je ne puis donc pas affirmer que tu croyais en Dieu le jour où ta mère t'annonça la mort d'Ali, quinze ans plus tôt. Si tu y croyais malgré cela ou bien encore si tu t'étais mis à y croire *à cause* de cela. Si tu avais conservé l'espoir de le revoir dans cette éternité où nous sommes tous censés nous retrouver. Si tu avais prié pour qu'il repose, lui aussi, en paix.

Plus de trois kilomètres séparaient la gare centrale de Sohag de l'université située sur la rive opposée du Nil. Les taxis étaient alignés en attente des passagers arrivant du Caire comme des enfants affamés dans un réfectoire à l'heure du déjeuner. Après être convenu d'un prix pour te mener jusqu'à ton hôtel, tu t'engouffras dans le premier véhicule de la file. Sur le quart d'heure que dura le trajet, tu dévisageais la foule avec la pensée qu'Ali pourrait s'y trouver. Ton regard s'attardait machinalement sur des groupes de jeunes, comme si celui que tu avais quitté avait pu ne pas vieillir. Il t'arrivait d'hésiter à la vue de certains. Tu ressentais une frustration lorsque le chauffeur démarrait avant que tu aies pu chasser tout doute de ton esprit. Qu'importe, tu n'aurais pas voulu qu'il te voie ainsi, les yeux cernés par le voyage, le deuil et l'attente. Le taximètre faisait défiler des chiffres auxquels personne ne prêtait attention. Le trajet touchait à sa fin ; tu tenais en main les billets jaunis d'une somme légèrement supérieure à celle convenue.

Tu posas ta valise au pied du lit, sans prendre le temps de la défaire. Tes yeux se perdaient dans la vue qu'offrait ta chambre. Deux pêcheurs déployaient un filet depuis leur frêle embarcation. Ils glissaient sur les flots indolents du Nil où se contemplait un ciel sans nuages. Tu ouvris la porte-fenêtre, avanças sur le balcon. Accoudé à la rambarde en fer forgé, tu regardais à tes pieds les passants longeant le fleuve. Ici, un couple d'amoureux avançait à pas traînants. Là, une femme brodait en contemplant l'autre rive. Tu restas pensif quelques instants puis regagnas ta chambre. Le téléphone était posé sur une large console. Tu le fixas, avide des mots qu'il te porterait. Tu avais prévu d'appeler le bureau du registraire de l'université pour obtenir l'adresse d'Ali dans le cas où le docteur Darwich ne serait pas présent pour te recevoir. Ce ne fut pas nécessaire, il répondit au bout de quelques sonneries. Il proposa un rendez-vous dans les heures qui suivraient, sans que tu aies à justifier la raison de ta demande. Ton seul nom – à la vérité, celui de ton père – avait suffi. À moins qu'il ne se soit douté du motif de ta venue.

39

Montréal, 2000

Les panneaux acoustiques du faux plafond répondent aux dalles luisantes du plancher. Viviane Daniels les connaît trop pour y prêter attention. Elle avance dans les couloirs du Royal Vic en poussant son chariot et parfois quelques jurons. Bien qu'anglophone, elle consent à y mêler des sacres québécois pour que l'intégralité de son auditoire puisse en bénéficier.

Elle remet en place l'affichette qui glisse de son cadre métallique. «Pour préserver la confidentialité des échanges, merci d'attendre ici.» «Ici» est une ligne de ruban adhésif collée au sol qui fait des plis par endroits. Le chariot de Viviane bute souvent sur «ici». Une lettre est arrivée trois jours plus tôt, mais le docteur Seidah était en vacances. L'enveloppe comporte un timbre égyptien. Viviane ne l'a pas glissée dans le casier du médecin comme le décrit la procédure en cas d'absence. Si on lui demandait pourquoi, elle ne saurait que répondre. On ne lui demande rien. En montant à l'étage, elle aperçoit de la lumière dans son bureau. Il semble plongé dans la lecture d'un bilan préopératoire.

— *Vous n'êtes pas en vacances ?*

— *J'ai écourté.*

— *Ah, c'est bien vous, ça, pour une fois que vous en preniez ! Ça vous aurait reposé.*

— *Il me semble que les patients n'en prennent jamais, eux...*

— *C'est pour ça qu'ils ont besoin d'un doc en pleine forme.*

— *Vous avez réponse à tout.*

— *Oui, et j'ai même du courrier pour vous !*

Elle retire plusieurs enveloppes de son séparateur en métal et les lui tend.

— *Merci, Viviane.*

Il pose les enveloppes sur son bureau et reprend la lecture de son écran.

— *Vous avez vu ? Vous avez aussi du courrier externe.*

— *Vous êtes bien indiscrète !*

— *Bon, bon, bon... J'ai une tournée à finir, moi ! Bonne journée, doc.*

— *Bonne journée.*

Il prononce ces mots d'une voix neutre, sans détourner son regard de l'écran. Il attend quelques minutes qu'elle se soit éloignée avant de retirer du lot l'enveloppe jaune pâle dont le timbre égyptien avait vraisemblablement attisé la curiosité de sa collègue.

Le Caire, le 9 août 2000

Docteur Seidah,

J'ai bien reçu votre lettre et comprends que votre temps est précieux. Je n'ai pas l'intention d'en abuser mais souhaiterais réellement que vous reconsidériez votre position. Je ne pense pas vous en avoir fait part mais mon enquête porte tout particulièrement sur les médecins ayant suivi des patients atteints de la maladie de Huntington. Je crois savoir que cette cause vous est chère.

Dans l'attente d'une réponse que j'espère favorable, je vous transmets mes respectueuses salutations.

Ahmed Naguib

40

Écrire, c'est une belle saloperie. Ce n'est pas de moi: c'est Fatheya qui l'a dit. Au début, j'ai cru que je pourrais raconter ton histoire, choisir des mots, des beaux mots, des mots comme ceux des tragédies françaises exposées en bonne place dans la bibliothèque en chêne de Mémie. J'ai cru que ça suffirait. Dire ce que je savais de toi, inventer le reste, te trouver des excuses, te décrire à la mesure de celui que j'aurais voulu que tu sois. Pis, j'ai cru que je pourrais rester extérieur à ce récit. C'était insensé. On ne peut pas rester extérieur à sa propre histoire. À ce qui vous a précédé, ce qui vous a manqué, ce qui vous a construit. Alors on finit par se raconter soi-même. On ôte les mots d'apparat, on ne garde que ceux qui sonnent juste. S'ils ne sont pas plausibles, s'ils n'expliquent pas ce qui est ou ce qui aurait pu être, ils ne servent à rien. On déchire des pages entières d'artifices accommodants, de vraies esquives, de faux-fuyants, pour finalement s'apercevoir que l'on décrit autant sa propre haine que la lâcheté de l'autre. Et on en sort épuisé.

— Pourquoi tu écris tout ça? Tu es sûr que ça te fait du bien de remuer ces vieilles histoires?

— Je sais pas trop…

— En plus, c'est pas ça qui le fera revenir, hein.

— Oui, je sais.

— Ça m'a quand même l'air d'une belle saloperie, ton affaire !

J'ai cessé d'écrire pendant plusieurs semaines. J'avais besoin de comprendre ce qui me poussait à te raconter, à tenter péniblement de déchiffrer le passé à l'âge où tous mes camarades cherchaient plutôt à prédire leur avenir. Puis je suis revenu vers Fatheya avec l'impression d'avoir trouvé la réponse à sa question. Je lui ai dit que revenait à chacun le droit d'éclairer la terre de sa propre lumière. La tienne avait été trop souvent éteinte par la bêtise humaine, les manigances ou par une forme d'acharnement du destin. Il m'importait de te rendre un peu de cette lumière dont le monde n'avait pas voulu. Elle, qui se moquait habituellement de mes grandes phrases, s'est tue. Je pense qu'elle a compris ce que je voulais dire. Au moment de rédiger les prochaines lignes, je sens pourtant que cette flamme est de nouveau sur le point de s'éteindre avant qu'elle n'ait produit ni clarté ni chaleur. Aussi, je serai bref.

Ton départ précipité de l'enterrement provoqua l'esclandre que tu devines. Seule Fatheya en connaissait la cause ; comme il ne serait venu à l'idée de personne de l'interroger à ce sujet, elle n'eut même pas à mentir. Je fus le seul à qui elle raconta votre conversation, une fois de retour à la maison. C'est donc à quelques heures d'écart que toi et moi avions découvert cette mise en scène autour de la mort d'Ali. Fatheya me livrait son dernier secret sur toi, un secret qui n'aura survécu à Mémie que quelques jours à peine. J'aurais pu la croire soulagée par cette confession, mais son visage était subitement devenu celui d'une vieille femme, comme si elle ne s'était pas tant départie d'un poids que d'un morceau de sa vie. Elle me remit une feuille sur laquelle était noté le numéro de téléphone qu'elle t'avait transmis un peu plus tôt puis se leva avec difficulté, reprit ses affaires qui l'attendaient dans l'entrée et s'en retourna chez elle sans chercher à mesurer l'effet que venaient de produire ses révélations. Elle avait fait ce qu'elle avait à faire, la suite m'appartenait désormais.

Il était tard, j'attendis donc le lendemain pour appeler le docteur Darwich. Il venait de te rencontrer, mais me répéta ce qu'il t'avait dit. Il me parla d'Ali, ce garçon peu disert de qui ta mère lui avait demandé de s'occuper, ce qu'il avait accepté par amitié pour ton défunt père. Elle lui avait simplement dit qu'il s'intéressait à la médecine, en connaissait les rudiments et serait certainement ravi de l'accompagner dans sa pratique s'il en voyait l'opportunité. Ainsi fut fait. Ali s'était révélé d'une dextérité impressionnante pour un garçon qui n'avait jamais suivi de cours. Il répétait manifestement des gestes qu'il avait appris ailleurs, bien qu'il ait toujours refusé d'en préciser les circonstances.

La faculté de médecine de Sohag allait ouvrir en 1992. C'était un chantier énorme qui s'étendrait sur plusieurs années et dans lequel le docteur Darwich était personnellement engagé. En plus d'assister le médecin dans son cabinet, Ali finit par lui apporter son aide dans ce projet ; pour l'essentiel : des tâches administratives, un peu de secrétariat et diverses commissions. Le praticien ne cessait de s'étonner de ce garçon de condition modeste qui, bien qu'ayant appris à lire sur le tard, maîtrisait les usages de la haute bourgeoisie. Un jour, il eut l'idée de constituer un dossier pour que son assistant intègre la première promotion d'étudiants de la faculté. Il appuya une demande d'équivalence au titre des années de pratique passées à ses côtés et lui obtint une bourse d'études. Ali ne l'avait jamais formulé en ces termes, mais c'était manifestement un rêve qui s'offrait à lui.

Le docteur Darwich s'interrompait parfois dans son récit, comme s'il avait peur d'en perdre le fil. Ali se débrouillait bien durant les deux premières années, surpassant même les fils de notables qui avaient fréquenté de bonnes écoles du Caire ou d'Alexandrie. Puis il commença à développer certains troubles, d'abord moteurs puis cognitifs, qui inquiétèrent le médecin. Bien que précoces pour son âge, les symptômes rappelaient ceux de la maladie de Huntington, diagnostic conforté par la description de vraisemblables antécédents familiaux. Il apparut rapidement qu'il lui serait impossible d'exercer la médecine. Ali n'avait pas eu besoin qu'on le lui dise, il avait pu observer la progression de la maladie chez sa mère et savait à quoi s'attendre. Le médecin essayait de lui trouver des tâches qui restaient à sa portée, mais il demeurait difficile d'aborder le sujet avec Ali ; il avait trop de fierté et ne voulait pas être pris en pitié.

Au début de l'année 1997, on avait retrouvé Ali noyé dans le Nil. Il était impossible de dire s'il s'agissait d'un choix désespéré ou d'un bête accident, ses troubles moteurs s'étant brusquement aggravés au cours de l'année précédente. Je comprenais que la première hypothèse emportait malgré tout la conviction du médecin. Ne sachant pas quel était mon lien avec Ali, il semblait manier ses mots avec une précaution chirurgicale.

— Il ne faut pas le condamner, vous savez. Chacun gère la maladie comme il le peut et Ali a démontré beaucoup de courage. C'était un bon garçon, très appliqué... Je suis heureux que quelqu'un s'en préoccupe aujourd'hui, je ne lui connaissais aucune attache. Nous l'avons enterré comme il se doit. J'ai obtenu de la faculté qu'elle couvre une partie des frais ; votre grand-mère,

Dieu ait son âme, a également contribué. Je crois qu'il lui rendait visite lorsqu'il était de passage au Caire : il m'avait une fois transmis ses salutations. À ce propos, j'ai appris de Tarek que vous étiez en période de deuil, je m'en veux d'y ajouter cette mauvaise nouvelle...

Il devait se retirer mais m'invitait à le rappeler en soirée si j'avais d'autres questions à lui poser. Quelle autre question aurais-je eu à lui poser ? Je le remerciai et raccrochai. Je me souvins des lettres dans lesquelles Ali avait glissé des allusions à sa mère que je ne comprenais pas. Je revis l'urgence dans tes yeux, lorsque tu avais quitté l'appartement de Mémie après leur découverte. J'imaginai le vide qui s'était emparé de toi lorsque tu avais appris la nouvelle, quelques instants à peine avant moi. Tu avais quitté Le Caire pour retrouver l'être qui t'était le plus cher ; il venait de mourir pour la seconde fois.

41

Les souvenirs n'ont de valeur que pour ceux qui les peuplent. Une fois ces derniers disparus, ils deviennent une devise qui n'a plus cours, une monnaie de singe dont il faut se méfier. À la disparition d'Ali, quinze ans plus tôt, tu avais décidé d'enterrer votre histoire dans un recoin de ton esprit. Un emplacement oublié des cartes, un lieu secret d'où personne ne viendrait l'exhumer. En quelques heures pourtant, Ali était revenu d'entre les morts, faisant de toi ce vieux fou qui cherche désespérément à retrouver le trésor dont il s'était défait parce qu'il le croyait sans valeur. Pour le temps que dura cette illusion, tu creusas à mains nues le sol siliceux de ta mémoire, au point de te retrouver les doigts en sang et la raison à l'agonie. Mon cœur se serre lorsque je t'imagine prêt à vivre la résurrection d'un homme disparu pour de bon.

À présent que le mirage s'était évanoui, alors que tu en venais presque à douter qu'Ali ait jamais existé, tu retiras une dernière fois ses lettres de l'enveloppe qui les renfermait. Elles étaient l'unique matérialité de votre amour, ce fil ténu sur lequel, en d'autres temps, il aurait suffi de tirer pour que la vie vous conduise à nouveau l'un à l'autre. Avait-il fini par comprendre qu'on ne te les avait jamais transmises? À tout le moins, il en connaissait le risque. Il savait qu'il serait certainement relu par ta mère. La crainte d'une censure transpirait de chacun de ses mots. Il écrivait «J'ai pensé à toi, l'autre jour», mais cela voulait dire «Je ne t'oublie pas, je ne parviens pas à t'oublier. Dis-moi simplement que tu ne m'en veux pas.» Même les tournures les plus anodines ne faisaient plus illusion.

Dans un ultime effort, tu tentas de comprendre ce qui avait pu conduire à ce simulacre de mort, quinze ans plus tôt. Ton esprit tâchait de recréer la conversation qui avait scellé votre histoire, le pacte occulte qu'avait dû passer Ali avec ta mère. Tu étais désormais aussi démuni que moi, contraint d'échafauder ces scènes que tu n'avais pas vécues mais qui avaient forgé ta destinée.

Tu imaginais ta mère se rendant sur ce Moqattam qui lui était parfaitement inconnu, poussant du coude la porte d'une maison où tu avais si souvent mangé, n'attendant pas qu'on l'y invite pour poser sur une chaise son manteau de fourrure. Quels mots avait-elle prononcés pour le convaincre de disparaître? L'avait-elle menacé? Soudoyé? Il n'était pas de ceux qui se laissent dicter leur conduite. Alors quoi? Lui avait-elle dit qu'il n'aurait de chance de devenir médecin qu'en obtenant un diplôme? Peut-être. Qu'il mettait en péril ton couple, ta réputation, ta famille? Certainement. Que c'était la seule chose à faire s'il t'aimait vraiment? Se peut-il qu'elle ait employé le verbe *aimer* pour décrire le lien qui vous unissait?

Il aurait pu se contenter de mettre un terme à votre relation, invoquant un quelconque prétexte avant de disparaître. Mais il se doutait bien que tu ne l'aurais pas laissé partir et que, même s'il y parvenait, tu ferais tout pour le retrouver. Ta mère était forcément arrivée à la même conclusion, car il ne faisait aucun doute que cette mise en scène portait sa signature. La fausse mort, le vrai départ, l'espoir que son fils reviendrait à la raison… Avec sa minutie habituelle, elle avait nécessairement pensé aux moindres détails de son plan avant de convaincre Ali d'y prendre part. Cette situation était devenue intenable, pour lui comme pour toi. Ce décès simulé devenait la seule issue. Il n'avait fait qu'accepter la main qui lui était tendue.

Plus tu y pensais et moins tu parvenais à lui en vouloir. Après tout, au nom de quoi aurait-il refusé ? Du travail que tu lui offrais ? De vos clandestines amours sans lendemain ? Le déséquilibre de vos existences t'avait donné le sentiment d'être son bienfaiteur, mais après tout, qu'avais-tu fait pour lui ? Du médecin, il n'était que l'assistant. De l'homme, l'amant. Tu l'avais cantonné à des miettes de ton existence, des seconds rôles sans ambition. Tu n'avais jamais renoncé à quoi que ce soit pour lui. Tu avais simplement partagé un peu de ton présent étouffant, là où ta mère lui offrait un avenir. Tu en vins à te demander si, en fin de compte, elle ne s'était pas montrée plus généreuse que tu n'avais su l'être à son égard.

42

Montréal, 2000

« Qui êtes-vous ? »

En arabe, la question se suffit de deux mots. Tarek les glisse dans une enveloppe qu'il ira porter au bureau de poste, à la fin de sa journée de travail. Il y en a justement un au bas de l'immeuble où sont situés les locaux de la Société Huntington du Québec. Il doit s'y rendre dans la soirée pour donner une formation à l'intention des accompagnants et professionnels de santé. Cela lui laisse le temps de rentrer chez lui pour se changer.

L'ascenseur de son immeuble délivre son habituel hoquet mécanique au moment d'ouvrir ses portes sur le cinquième étage. Tarek en sort, prend à gauche, ouvre la seconde porte, dépose ses affaires sur la table de la salle à manger. Les murs sont blancs, aucun cadre n'y est accroché. Pas de peinture, pas de photos, pas de plantes, quelques livres de médecine sur les étagères d'une bibliothèque IKEA. Une baie vitrée laisse entrevoir les couleurs automnales des arbres. Il allume machinalement la radio, on y discute la mort de Pierre Elliott

Trudeau. Il finit par l'éteindre et lance une cassette de musique qu'il a retrouvée la veille. Quelques notes surgissent du passé ; il rembobine pour reprendre du début la chanson. Dalida parle d'un pays qu'il a aussi connu. Il s'enfonce dans les vapeurs d'une douche qui sera rapide.

43

Ce n'est pas tant que l'on s'habitue aux deuils : on finit simplement par se faire à l'idée que nous sommes mortels. On y trouve même parfois une certaine forme d'apaisement. Il nous arrive de pleurer encore. On pleure pour se sentir vivant, on pleure comme un rappel de son propre sursis, on pleure de mesurer l'extrême précarité de celui-ci. On dit que l'on pleure ceux qui nous ont quittés mais, à la vérité, on ne pleure jamais que sa propre impuissance.

Nourrissons, nous savions d'instinct que pleurer était le plus court chemin vers le sommeil. C'était un pleur sonore, un pleur physiologique, insensible aux efforts de diversion que l'on y opposait. Un pleur avide de l'épuisement qu'il ne manquerait pas de provoquer, à peine perturbé de ce que l'on cherche à nous consoler alors que nous n'étions aucunement tristes. Un pleur qui se fichait bien de cette absurde mésinterprétation. Un pleur égoïste.

Tu as certainement pleuré en apprenant la nouvelle, mais c'est comme si je ne parvenais plus à imaginer ta vie à partir de ce moment précis. Je me l'étais figurée jusque-là, en assemblant de mon mieux les récits contradictoires de Fatheya et les rares photos de toi, les lettres d'Ali et les sous-entendus dans lesquels avait macéré mon enfance. Je m'étais créé ce père que la vie m'avait refusé et qui évoluait dans une existence parallèle où je n'étais pas admis. Au début, je l'avais fait pour moi, convaincu qu'il ne pouvait résulter de cette équation à mille inconnues que l'être grandiose qui manquait à ma vie. Et puis, sans vraiment m'en rendre compte, j'ai commencé à le faire pour toi. Comme on se bat au nom d'un père que l'on insulte dans une salle de classe, comme on réhabilite un homme qui n'est plus là pour se défendre, comme on soutient inconditionnellement un proche. Et pourtant, qu'avais-tu d'un proche pour moi? Tu en étais plutôt l'exact opposé : un lointain. Voilà, tu étais pour moi un lointain auquel, inexplicablement, je tenais. La somme de mes déductions avait fini par raconter une histoire : la tienne. Ou, pour être exact, mon histoire de toi. Elle s'était transformée en une vérité à la fois splendide et fragile, une statue immense aux pieds de fer et d'argile comme je n'aurais pas cru qu'il s'en trouve ailleurs que dans les pages aux tranches dorées du missel de Mémie.

Tout cela venait de prendre fin. Il me semblait désormais que la moindre supposition additionnelle pouvait faire voler en éclats cette instable vraisemblance. Aussi, j'ai cessé d'inventer. Je me trouvais incapable de me mettre davantage à ta place, de savoir si tu avais décidé d'aller fleurir la seconde sépulture d'Ali, de me figurer ce qui, du désespoir ou de la colère, avait fini par l'emporter au fond de toi. As-tu envisagé de le rejoindre dans ce Nil qui te l'arrachait une nouvelle fois, ou bien la vie t'était-elle au contraire devenue cette violente évidence à laquelle désormais tu ne pouvais plus te soustraire? As-tu cherché à reconstituer ce qu'avait été sa vie à Sohag, ou es-tu rentré sans délai sauver ce qu'il restait de la tienne à Montréal?

Je cesse à présent d'écrire ta vie, parce que les mots ne peuvent pas tout. Ils ne peuvent pas ramener de la mort ceux qui nous ont quittés, ils ne peuvent pas guérir les malades ou résoudre les injustices, tout comme il est absurde de prétendre qu'ils déclarent des guerres ou y mettent fin. Dans un cas comme dans l'autre, ils ne sont au mieux qu'un symptôme, au pire un prétexte. Je cesse d'écrire ta vie parce qu'elle ne m'appartient pas, parce qu'elle ne résulte que d'un alliage improbable entre ta malchance et tes mauvaises décisions, parce que le dernier des malheureux n'en voudrait pas, parce qu'on ne peut pas combler une absence par des phrases. Je cesse d'écrire ta vie parce qu'elle a été malmenée par trop de mensonges pour que j'y ajoute, même de bonne foi, les miens. Je cesse d'écrire ta vie parce que j'ai besoin que tu me la racontes, parce que je n'en veux plus aucune autre version. Si tu me lis, c'est que j'y suis parvenu, que nous nous sommes attablés l'un devant l'autre, que je me suis libéré de ces pages accumulées depuis tant d'années, que j'ai fini par trouver le moyen de te dire qui j'étais, que je t'ai poussé à trouver en moi une ressemblance avec toi et avec ma mère.

Je tremble à l'idée d'y parvenir, je frissonne à celle que ces mots ne soient jamais lus. Tu m'as manqué, mon père.

44

Montréal, 2001

Un ersatz de sapin ouvre péniblement ses bras synthétiques alourdis de boules achetées au Dollarama. Soignants et malades le contournent comme un obstacle auquel on ne prête plus attention. La nouvelle année est pourtant vieille de quelques semaines, mais le temps ne se mesure pas de la même manière dans un hôpital. Ceux qui savent qu'ils en sortiront cherchent à le tuer, les autres tentent d'en gagner un peu. Ils se l'injectent par intraveineuse, le réajustent d'un bilan sanguin à l'autre, se font une raison ou finissent par la perdre.

Un coursier s'avance d'un pas pressé en direction de l'accueil. Sur la vitre, les traînées de motifs en fausse neige et un message invitant à appuyer sur la clochette en cas d'agent absent. L'agent est absent. Le coursier appuie. Quelques mots finissent par s'échapper de l'hygiaphone. «Bonjour, comment je peux vous aider?» Une voix féminine, un ton indifférent. Il a besoin d'une signature, elle sort de son comptoir par une porte latérale. Le docteur Seidah est en intervention. Viviane attendra la fin de la journée pour lui porter son colis.

45

Le Caire, 2001

— Qu'est-ce que tu fais ?

Elle se tenait dans l'embrasure de la porte. Mon premier réflexe fut de retourner le calepin sur lequel j'écrivais avant de lui dire qu'elle m'avait fait peur. Dans notre vie désormais limitée à un étage, une chambre d'amis se trouvait à côté de la mienne. Il arrivait à Nesrine d'y dormir lorsque le repas du soir s'éternisait et qu'elle préférait dire à son chauffeur de ne pas l'attendre.

Elle demeurait là, impassible, la main encore posée sur la poignée. Son silence semblait signifier que je ne lui avais pas répondu. J'improvisai :

— Je termine mes devoirs…

— Sur du papier à lettres ? sourit-elle. Ce n'est pas une lettre d'amour qui t'empêche de dormir, n'est-ce pas ?

Je ne répondis pas.

— Tu écris à Tarek.

Ce n'était pas une question, pas non plus un reproche. Sa voix était d'une douceur assurée. J'étais étonné. Presque moins de ce qu'elle soit au courant que de l'entendre dire ton prénom. Je crois bien que c'était la première fois qu'elle le prononçait devant moi. Tu n'étais plus «il», plus «mon frère», plus cette ombre qui hantait les sous-entendus que j'avais passé une enfance entière à feindre de ne pas comprendre. Tu étais «Tarek» pour ta sœur et elle savait que je t'écrivais. Je me sentais presque soulagé. Sans chercher à la forcer, elle accompagna ma main et lui fit retourner le calepin. J'ouvris la paume pour l'inviter à le prendre. Elle fronça légèrement les sourcils à la découverte des quelques mots. Elle les relut en silence.

46

Montréal, 2001

Elle brandit depuis la porte le pavé en carton tamponné de caractères arabes. Il l'invite à entrer. Ce n'est pas une enveloppe jaune pâle, mais il ne fait aucun doute que l'émetteur est le même que celui des envois précédents.

— Qu'est-ce que c'est?

Elle lui répond d'un mouvement de mains impatient qui pourrait signifier: «Comment voulez-vous que je sache?» Ou peut-être: «Si vous continuez, c'est moi qui vais l'ouvrir, votre fichu carton!» Il feint de ne pas percevoir sa curiosité, secoue le colis près de son oreille droite, hausse les épaules comme on donne sa langue au chat, s'amuse de son impatience. Il finit par ouvrir la boîte.

— Une montre?

Pas n'importe laquelle. C'est à son tour de ne pas répondre. Ses sourcils se sont froncés. Il retourne la montre de gousset et observe les initiales qu'il pressentait y trouver. Celles de son père, avant d'être les siennes.

Seul le cliquetis de la chaîne perturbe le silence qui s'est installé. Viviane finit par le rompre :

— *C'est encore le journaliste ?*

— *Il est autant journaliste que je suis danseur étoile...*

— *Alors ?*

Il semble réfléchir puis laisse tomber :

— *Quelqu'un qui aime jouer, visiblement... ou qui cherche à remonter le temps. De l'ongle de son pouce, il soulève puis referme machinalement le clapet de la montre.*

— *Et ça vous inquiète ?*

— *Non. Pour être honnête, peu de choses m'inquiètent, et les montres de gousset n'en font pas partie.*

L'illusion d'un sourire s'est posée brièvement sur son visage. Viviane n'est pas toujours réceptive à son humour. Il redevient sérieux.

— *S'il cherchait vraiment à m'inquiéter, il s'y prendrait autrement. Enfin, je suppose.*

— *OK, je suis contente. Je n'aurais pas voulu que... Enfin bon, au moins ça vous fait une jolie montre !*

Elle feint d'être rassurée et achève sa pause dont la limite officielle est déjà largement dépassée. Il attend que lui parvienne du couloir le bruit de fermeture des portes de l'ascenseur pour ouvrir le tiroir de son bureau. Il en sort la photo qui accompagnait la deuxième lettre, la contemple longuement, semble y chercher un détail, une réponse. Une confirmation, peut-être.

Le carton du colis contient deux feuilles qui accompagnent la montre. Il s'est gardé de les sortir en présence de Viviane. Il déplie la première, y reconnaît la brochure imprimée en noir et blanc du congrès médical américain auquel il doit participer en septembre, à Boston.

Les dates de l'événement sont surlignées ainsi que son nom, parmi ceux des orateurs. Une conférence sur la maladie de Huntington. La deuxième feuille est d'un format plus petit, un papier à lettres avec cette mention manuscrite :

«J'aimerais beaucoup vous y rencontrer. Seriez-vous disponible pour un café le mardi matin, à huit heures trente ?»

L'adresse d'un pub irlandais est inscrite au bas du message ; ce sont les seules lettres latines.

47

Le Caire, 2001

Il y avait tant à raconter avant d'en venir à cette lettre que je t'écrivais lorsque Nesrine me surprit. Je lui décrivis les choses dans l'ordre où elles s'étaient produites. Ton absence, le besoin de te connaître, les confidences de Fatheya, les lettres d'Ali, ces bribes d'existence qu'il m'était devenu vital de rapiécer. Je ne trouvais dans ses yeux aucune trace de jugement. Juste la douceur qui me donnait le courage de poursuivre. Il arrivait que son regard se voile au moment où elle prenait conscience du poids accumulé des non-dits de mon enfance. Je ne cherchai pas à savoir ce qui l'avait conduite dans ma chambre à ce moment précis. Peut-être avait-elle déjà percé une part de ce que je m'apprêtais à lui révéler. Cela n'importait pas vraiment.

À mesure que je parlais de toi, mille questions me venaient, mille lacunes qui avaient surgi lorsque je tentais d'écrire ta vie, mille déductions auxquelles je m'étais livré pour tenter de les contourner. Mais c'était trop tôt pour lui demander d'éclairer mes zones d'ombre. Trop tôt pour confronter le père que je m'étais imaginé au souvenir implacable de sa sœur. Nesrine m'écoutait sans m'interrompre. Je poursuivais, tâchant de contenir l'émotion qui me gagnait tandis que mon récit rattrapait le présent. Ce rendez-vous manqué que j'avais tant espéré, ton départ pour Sohag, les révélations du docteur Darwich…

Elle se tut quelques instants, comme si l'insoluble problème auquel j'étais confronté devenait peu à peu le sien. Elle finit par pointer du doigt cette lettre où je te donnais rendez-vous.

— Et ça ?

Je rougis avant de lui livrer les dernières clés.

— Je lui ai fait croire que j'étais journaliste, que j'écrivais un article sur les médecins égyptiens… Je n'ai pas trouvé mieux pour entrer en contact avec lui. Il m'a répondu. Il y a ce congrès à Boston, à la rentrée. Je vais lui proposer de prendre un verre. S'il ne répond pas, je m'arrangerai pour assister à sa conférence et aller le voir après. Je sais que maman ne me laisserait jamais partir à Montréal : elle ferait tout de suite le lien. Mais Boston… Et puis c'est juste avant la reprise des cours, c'est une chance qui ne se représentera pas de sitôt. Je n'en peux plus d'attendre, tu comprends ? J'ai besoin de le voir, de lui parler…

Notre conversation, un filet d'eau qui ne devait pas s'assécher. Je sentais ma tante déstabilisée. Elle découvrait tout à la fois la quête qui avait secrètement occupé mon adolescence et le tournant vertigineux qu'elle était sur le point de prendre. Elle enroula machinalement une mèche de cheveux autour de son index, cherchant à mesurer la portée de mes dernières paroles. Ma détermination était entière : tenter de me dissuader ne donnerait rien, saboter mon départ ne ferait que le reporter. La grenade dégoupillée finirait bien par exploser, il s'agissait de la jeter dans la direction où elle ferait le moins de dégâts.

— Et tu as prévu de faire comment pour te rendre là-bas? Je veux dire l'hébergement, l'argent, tout ça? Tu vas raconter quoi à ta mère?

Je préférai éviter d'entrer dans le détail des moyens envisagés. Je ne voulais pas l'effrayer davantage et, à la vérité, il me restait encore de nombreux obstacles à lever à quelques semaines du congrès où tu devais te rendre. Je haussai les épaules.

— Tout ce que je sais, c'est qu'il me manque… je veux dire, il manque à ma vie.

— Tu n'en as qu'une, Rafik. La seule chose qui compte, c'est qu'elle te ressemble…

On aurait dit qu'elle cherchait sur mon visage l'empreinte du temps qui était passé. Ces dernières années, on me faisait de moins en moins remarquer ma ressemblance avec ma mère. L'adolescence estompait progressivement les traits communs que l'on me prêtait avec celle qui ne savait rien des tourments de son fils. Nesrine devrait choisir à qui, de Mira ou de moi, elle conserverait sa loyauté. L'amour et l'exaspération se disputaient son sourire quand elle finit par lâcher:

— Écoute, je te le paye, ton voyage à Boston. Je m'arrangerai avec ta mère pour la convaincre, ce sera ton cadeau pour tes dix-sept ans… Mais pas un mot de cette discussion, compris? C'est toi qui as choisi la destination, je n'y suis pour rien…

Elle n'avait pas terminé lorsque je la pris dans mes bras. Je voulais simplement la remercier, mais je sentis mes larmes couler sans parvenir à les arrêter. C'était comme si, en se relâchant, mes muscles prenaient conscience de la contraction qui les raidissait depuis toujours. Je pleurais comme on pleure à seize ans, à l'âge où l'on vient tout juste de désapprendre à le faire. Elle passa tendrement sa main dans mon dos tout en terminant ce qu'elle avait à me dire :

— ... tu prends soin de toi, surtout. Tu nous écris tous les jours, à moi et à ta mère. Et pas de bêtises... Il réagira comme il réagira...

Je me suis demandé quelle pourrait être ta réaction si je ne parvenais pas à contenir mes larmes au moment de te rencontrer. Un fils a-t-il le droit de pleurer devant son père ?

Nous

48

Le Caire, 2001

Un avion se déplace sur la piste de décollage. Il se faufile nonchalamment entre les véhicules à gyrophares que conduisent des hommes en gilets fluorescents. À peu près tout le reste est gris : le bitume balafré d'un marquage blanc sale, la tour de contrôle, les escaliers métalliques menant à la piste... La seule tache de couleur provient du logo de la banque qui a sponsorisé les passerelles mobiles reliant l'aéroport aux portes des avions. A-t-on déjà choisi sa banque parce qu'elle commandite des corridors d'aéroport ?

Classe économique, neuf sièges par rangée. Un jeune homme est assis, le regard perdu dans un hublot du côté droit. Il vient de passer les contrôles d'usage, des portiques qui sonnent sans émouvoir qui que ce soit. En voyant son air pensif, le pilote lui a proposé de visiter le cockpit. Il a décliné d'un sourire intimidé avant de regagner son siège. Un début de mois, une fin d'après-midi. Le soleil lui dévore la moitié du visage. Le message préenregistré d'une voix féminine à l'accent britannique souhaite la bienvenue aux passagers ; elle s'exempte élégamment de prononcer le r *de* passengers. *L'orange du couchant tente de prendre d'assaut l'avion en se glissant par les ouvertures. Le message grésillant d'une voix féminine à l'accent égyptien va procéder aux consignes de vol; elle remplace le p de* passengers *par un* b. *Le soleil ne se résigne pas. La voix ne s'interrompt pas. Le jeune homme n'écoute pas. En ce jour de septembre, il ignore ce à quoi ressemblera le monde, mais il pressent qu'il ne sera plus jamais le même.*

Errance nonchalante de l'appareil. L'avion se décide à accélérer sur plusieurs centaines de mètres et prend son envol. La voix a demandé de redresser les sièges pour le décollage. Celui du jeune homme ne s'y conforme pas en dépit de ses efforts. Poignée brisée. Egyptair. Quand il sortira de l'avion, quelques heures plus tard, il répondra machinalement aux hôtesses qui lui souhaiteront un agréable séjour. Ce sera la dernière fois qu'il parlera arabe. Pour l'instant, il cherche simplement à s'endormir.

49

Boston, 2001

Je devais avoir cinq ou six ans. Je ne saurais dire la raison pour laquelle je courais vers sa chambre, mais je me souviens d'y avoir surpris ma mère en pleurs. Une odeur familière de Javel se dégageait de la salle de bains attenante à sa chambre. Comme chaque fois qu'elle cherchait à camoufler le bruit de sa souffrance, son poste de télévision était allumé à plein volume. Une voix gonflée de fierté patriotique déclamait sentencieusement ses informations. L'Égypte se réconciliait avec tout le monde. Avec l'Algérie, avec la Syrie, avec la Libye... elle aiderait Israël à faire de même avec la Palestine. Tout était pardonné. Il fallait s'en réjouir. Je m'en fichais. La tâche qui m'incombait était autrement plus importante.

Elle n'a apporté aucune réponse aux questions que je n'aurais, de toute façon, pas su formuler. Mira-ah-me-direz-vous-maman. Elle m'a souri, sans chercher à dissimuler ses pleurs. J'ai improvisé des pitreries, des pitreries d'enfant de cinq ou six ans qui tente une diversion à la tristesse de sa mère. Ça l'a fait rire. Je venais d'accomplir ma mission. C'était aussi ma première rencontre avec toi. Toi, la larme, moi, le rire. Nous nous sommes *presque* rejoints sur le visage de ma mère.

Nous voilà, de nouveau, *presque* sur le point de nous rencontrer. J'ai imaginé mille manières de t'aborder et derrière chacune, j'ai entendu la voix de Fatheya me sortir, narquoise : «Eh, Goha! Elle est où, ton oreille?» Alors je ferai simple. Je m'adresserai à toi dans le français de Mémie. Je te dirai mon nom, que je suis ton fils et que nous avons du temps à rattraper.

∼

Je suis assis dans ce pub irlandais où je griffonne sur une feuille blanche pour calmer mon anxiété. J'ai placé devant moi l'épais carton dans lequel se trouvent les pages où j'ai tenté d'assembler ce que je sais de toi. Quel que soit le dénouement de cette histoire, ce seront les derniers mots que je t'écrirai. La pensée que tu pourrais ne pas venir me taraude. Je suis incapable de dire si cela m'anéantirait ou bien, au contraire, me soulagerait. Peut-être vaudrait-il mieux que je ne te rencontre jamais, un peu comme ce voyage à Paris qui était sans doute plus extraordinaire dans les projections de Mémie que si nous l'avions vécu. Va savoir. J'ai demandé un café. Le serveur a commencé à me poser des questions en anglais. Je ne sais pas s'il voulait entamer une conversation ou simplement préciser la commande. Mon cœur s'est mis à battre, je me serais cru devant le sujet d'examen d'une matière inconnue. J'ai répété *«coffee»* avec un mouvement de main qui implorait de ne plus me poser de question. *«Just coffee.»* Il m'a souri et m'a fait signe qu'il me l'apporterait à la table de mon choix. J'en ai trouvé une qui donnait sur la porte pour ne pas manquer ton arrivée, mais suffisamment en retrait pour te parler discrètement. Te parler. Toi.

Il est huit heures et douze minutes. Tu viendras bientôt ou tu ne viendras jamais.

50

Boston, 2001

Un homme pousse la porte. À cinquante-deux ans, la minceur qui lui a longtemps donné une silhouette athlétique accentue désormais chaque expression de son visage. Ses yeux parcourent méthodiquement le pub. Son regard s'arrête sur une table à laquelle est assis un adolescent qui ne sait pas, à cet instant précis, s'il doit se lever. Ou faire un signe de la main. Ou dire quelque chose. Ou prétexter un malentendu, payer son café et disparaître… On est si sérieux quand on a dix-sept ans. Rien de tout cela ne sera nécessaire. Il ressemble, en moins assuré, à la photo que l'homme tient dans sa poche. Ce dernier a compris. Il s'approche. Il sourit. Un sourire doux. Tend sa main.

— Rafik, je suppose? Excuse-moi, j'ai un peu de retard.

Passé, présent, futur. Le temps est une grammaire pour l'humanité, une fiction admise de tous. Une fausse évidence. Une vraie religion. Et pourtant, à quelle temporalité appartient cet instant? Il pose une montre de gousset sur la table. Il y a fait graver les initiales de son fils au bas de celles de son père. Bientôt, ils discuteront. Ils prononceront peut-être des phrases mûries de longue date, d'autres leur viendront spontanément. Pour celles qu'ils oublieront de se dire, ils se promettront de prochaines occasions. Ils se prendront sans doute dans les bras, aussi, émus de traverser l'irréelle évidence de cet instant. Mektoub, c'était écrit. Au fond d'eux-mêmes, chacun d'eux entendra ce mot prononcé par la voix d'une femme. La mère de l'un, la grand-mère de l'autre.

Mais pour l'heure, dans son regard incrédule, l'adolescent semble poser une question. Une question qui commencerait par «Qui...» «Qui d'entre elles a bien pu vous dire...»

Il sait désormais qu'il faut se méfier des questions simples.

Remerciements

Je tiens à remercier ceux qui m'ont soutenu dans ce projet d'écriture. Leurs encouragements et marques d'affection m'ont porté.

Ma reconnaissance va particulièrement à Catherine, Gilbert, Mona et Julien dont le regard a poli ce récit au fil des années. Pour leurs pensées. Pour leur patience. Pour leur passion.

Composition : Hugues Skene
Conception graphique : Antoine Tanguay et Hugues Skene (KX3 Communication)
Révision : Éric Fontaine
Correction d'épreuves : Julie Robert

Éditions Alto
280, rue Saint-Joseph Est, bureau 1
Québec (Québec) G1K 3A9
editionsalto.com

ACHEVÉ D'IMPRIMER
CHEZ MARQUIS IMPRIMEUR
EN AOÛT 2024
POUR LE COMPTE DES ÉDITIONS ALTO

L'impression de *Ce que je sais de toi* sur papier
Sustana Enviro100 Édition plutôt que sur du papier vierge a permis
de sauver l'équivalent de 46 arbres, d'économiser 13 m³ d'eau
et d'empêcher le rejet de 2977 kilos de CO_2 et
de 15 kilos d'émissions atmosphériques.

Dépôt légal, 1er trimestre 2023
Bibliothèque et Archives nationales du Québec
Bibliothèque et Archives Canada